너를 봤어

너를 봤어

김 려 령

장 편 소 설

창비

그 누군가,

이 사랑스러운 세상을 보고 있다

―보르헤스 「은혜의 시」에서

차례

습설

변변찮은 비조차 내리지 않는 유월, 이른 더위가 기승이었다. 어머니는 더위에 입맛을 잃어 입에 거미줄 친 송장 치우게 생겼다고 했다. 때마다 어머니가 제시하는 송장으로, 그것도 참 여러 모습이구나 하는 것이다. 더위는 손쓸 수 없다 하더라도 송장 감상은 그만하고 싶었다. 어머니를 한정식집으로 모셨다. 미리 작은 방을 예약했지만 어머니는 홀 창가를 원했다. 통유리를 타고 장대비 같은 물이 흘러내렸던 것이다. 에어컨까지 뒤에 있어 그 자리에 앉아 있는 동안은 비 쏟아지는 서늘한 오후였다.

"이걸 누구 코에 붙이라고. 아줌마, 이거 더 가져와."

창창창. 어머니가 놋젓가락으로 냉채 접시를 두드리자 맞은편 남자가 잠시 이쪽을 바라본다. 나는 가볍게 고개를 숙였다. 미안합니다. 남자가 시선을 거두고 다시 식사한다. 사소한 일에 재빨리 관심을 거둠으로 자신의 매너를 확인시켰다. 직원이 다가와 음식이 부족하면 언제든 말하라고 한다. 어머니는 대답 대신 낡고 납작한 구두를 벗었다. 그리고 그 위에 발을 올린다. 직원의 시선이 어머니 발에 머문다. 신발을 신고 의자 앞으로 발을 좀 넣어달라고 하고 싶겠지. 그러나 어머니의 성질을 보니 더 시끄러워질 게 뻔하다. 직원이 마뜩잖은 표정으로 카운터로 돌아갔다. 나중에 소금을 뿌릴 수도 있겠다. 예약한 방으로 들어갔어야 했다. 어머니는 이 집 요리가 마음에 들지 않는다. 내게서 원하는 돈이 나오지 않는 한 금가루 뿌려 나온 음식도 잔반통에서 꺼내온 것과 다를 게 없다. 죽기 전에 어디 좋은 데 가서…… 더위 때문이었나. 그러니까 맛있는 음식이 드시고 싶은 거지요? 좋은 데서 모시지요.

"애, 다음부터는 그냥 돈으로 줘라."

후식으로 수정과가 나오자 마음이 급해진 어머니가 직접 돈을 언급했다. 나는 고개만 끄떡일 뿐이다. 어머니가 수정과를 단숨에 들이켰다. 그리고 내게 원액에 물 탄 가짜라고, 자신이 해준 것과 다르지 않느냐고 묻는다. 대답을 할 수 없다. 기억 어디에도 수정과를 만든 어머니가 없다. 식당은 꽤 자주 차렸다. 너절한 사연을 숱하게 남길지언정 식당은 포기하지 않았다. 어머니의 식당에는 꼭 작은 방이 있었다. 겨운 피곤에 누울 공간이 아니다. 술과 남자와 화투를 위한 방이다. 당연히 시야가 확 트인 상가는 피했고, 김밥이나 떡볶이 같은 분식은 안됐다. 퇴근길에 부담 없이 파전에 막걸리

한잔 걸치는 곳도 아닌 것이다. 어느 동네 구석보다 더 구석, 그런 줄 알고 찾아오는 그렇고 그런 남자, 그제야 그런 줄 알고 핏발 선 눈으로 찾아오는 남자의 여자 혹은 아내. 동네 야쿠르트 아주머니와 드잡이하고, 병석에 있던 여자가 그 몸으로 식당에 나타난 이유도 그 때문이다. 내가 자리를 잡고 이제 그만 일을 쉬라고 했을 때는 잠시 기뻐했던 것 같다. 그러나 곧 그와 같은 식당을 찾아 그 방에 앉아 있었고, 다른 손님에게 지나치게 치근덕거리는 통에 주인에게 쫓겨나, 당신이 다시 그런 식당을 차렸다. 그러니까 어머니의 식당은 순수하게 음식만을 파는 식당이 아니었던 것이다. 나는 카드를 내주고 서명을 했다.

"제대로 만든 건 하나도 없고, 먹느라 고생만 했네."

직원이 어머니를 흘긋 본 뒤 나와 눈을 맞춘다.

"음식이 어머님 입에 맞지 않으셨나보네요."

"잘 먹었습니다."

나는 직원에게서 너무도 정직한 찰나의 눈빛을 본다. 저 노인은 자기 주머니로는 이런 곳에 올 수 없는 사람이며, 평으로 보아 이런 음식을 딱히 접해본 사람도 아니다. 장성한 아들 따라 한번 와본 이곳 지식을 바탕으로 다른 어느 식당의 음식을 또 깎아내리겠지. 사람, 질리게 봐온 사람들이다. 검소함과 추레함의 차이, 실제 아는 것과 안다고 착각하는 사람의 차이, 속 빈 자들의 끝 간 데 없는 기고만장함. 이제껏 살아왔을, 지금도 그렇게 살고 있을 어떤 삶을 몇가지 행동으로 읽어내는 것이다. 오두막에서 궁중요리만 먹고 사시나보죠?

"쉬고 가실래요?"

"나 바쁘다."

어머니를 가까운 전철역으로 모셨다. 나는 건널목 앞에 멈춰 서 있고, 어머니는 건널목을 건넌다. 타인처럼 건너고 타인처럼 바라보는 것이다. 수년간 보는 모시바지와 빛바랜 꽃무늬 낡은 외투다. 만날 때마다 부러 저 차림을 하는 것인지 진정 저것밖에 없는 것인지. 글쎄, 다달이 보내는 돈은 어디로 가는 걸까. 전에는 돈의 행방을 물어보기도 했다.

"아들이 부자라고 나라에서 돈도 안 내주니, 장사라도 해야 먹고 살지. 요즘은 손님이 와서 먹고 갈수록 손해야. 그냥 논다 하고 먹이는 거지."

붉은 거짓말. 때로는 그것이 어머니의 피를 만드는 것 같기도 하다.

맛있는 거 먹었어요? 아내가 묻는다. 그냥. 아내가 서재 옆으로 난 계단을 올라간다. 그곳에 다락방을 손봐 만든 아내의 작업실이 있다. 나는 서재로 들어와 자동차 열쇠를 책상에 던졌다. 그리고 의자에 앉아 천장을 올려다본다. 위에 아내가 있다. 무겁다.

아내 서른넷, 나 서른일곱. 둘 다 이른 결혼은 아니었다. 그렇다고 나이에 밀려 충동적으로 한 것은 아니나 신중한 결정도 아니었다. 보기에는 보슬보슬 내리는 눈 같지만 실상은 물기가 많아 척척 들러붙고 꾹꾹 눌러 쌓이는 습설(濕雪)과 같은 결혼이었다. 지금도 가끔 묻는 사람이 있다. 두분 결혼하실 때 굉장했겠어요. 대서특필은 아니라도 몇개 매체에 보도는 됐고 가벼운 질문도 받았지만 굉장한 관심까지 가진 이는 없었지 싶다. 걔들 결혼했대? 결혼했군. 무덤덤하고 심드렁한 반응에 결혼 참 재미없구나, 했다. 어느 건물 예식장에서 치른 흔한 결혼식이었지만 나는 신랑이었고 아내는 신부였다. 그러나 나는 그날 여느 신부에게 볼 수 있는 설레고 신성한 빛을 아내에게서 보지 못했다. 예복과 상복의 그 모호한 경계. 나는 순백의 웨딩드레스를 입은 아내에게서 어느 너른 마당의 장례식을 떠올렸다.

뽀득뽀득한 삶이 많지 않다는 것을 안다. 실은 그것이 매우 힘들다는 것도 안다. 볼을 벼리는 추위를 참고, 얼어버린 나뭇가지가 된 손가락으로 찍었을 설원의 한 컷을, 난방 잘된 전시관에서 편히 보는 것. 보는 사람. 참 좋군. 폭염 속에서 우연히 본 어느 농가 처마에 달린 고드름 사진. 저긴 참 좋군. 구석에 수년간 작동하지 않았을 혹은 못했을 녹슨 경운기는 보이지 않는다. 다 그렇지. 알고 있었다. 아마 결혼 전 내 사진도 그랬을 것이다. 스물여섯에 등단한 뒤 꾸준히 작품을 발표했고, 몇 작품이 상도 받으면서 나름 거론 좀 되는 작가였으니 각도만 잘 맞추면 누구에게는 괜찮군, 소리는 들을 사진이 찍혔을 것이다. 그러나 소설가라는 게 명성과 부가 비

례하는 직업이 아니어서 유명세에 비해 생활은 좀 궁했다. 신념에 의한 자발적 가난이 아니라 노력해도 벗어나기 힘든 비자발적 가난에 별다른 철학 없이도 청빈한 삶을 사는 것이다. 물론 내 청빈의 주원인이 어머니였다는 것은 부인하지 않는다. 간혹 소설가의 가난을 신념과 예술로 인한 가난으로 승화시켜주면, 조금 낫군, 후후 웃는 것이다. 그러다 내 가난의 포장이 우스워 하하하 터뜨리곤 했다. 기왕 내가 없으니 너도 없자 하는 심술로, 욕심을 버려라, 다 내려놓아라, 하고 다닐까 싶기도 했다. 고고해 보이기까지 하지 아니한가. 다 내려놓고 어디로 가지? 산으로 가지. 그러다 산이 꽉 차면? 걱정 마. 산이 넓어서? 그런 사람이 별로 없어서. 후후후. 많은 소설가가 소설을 쓰기 위해 다른 일을 병행한다. 글 쓰기 전에 밥은 먹어야 하지 않겠나. 일하면 됐지 뭘 또 소설을 써? 소설가니까. 나 역시 인근 대학에서 소설작법 강의를 했다. 강사 강의료라고 해봐야 지각할 때 택시 타는 것조차 움찔하게 만들 만큼 적었지만, 방세는 겨우겨우 어찌해볼 수 있었다.

그렇게 지내던 어느날, 내 사정을 잘 알고 있는 A출판사 황사장이 입사 제의를 했다. 편집 경력이 없는 내게 차장급에 준하는 연봉을 제시한 것이다. 교수 될 생각 없으면 나하고 같이 일하자. 출판사 연봉이라는 게 여타 회사에 비해 박봉이기는 하나 강의료보다야 나았고, 나의 위신을 고려해 실질적으로는 차장급 대우를 하겠다는 명분도 있었다. 내 나이 서른두살 때였다. 실은 누구를 가르친다는 것이 나와 맞지 않아 고민하던 차였다. 그러나 날마다 출근하는 건 더욱 고민해야 할 터였다. 내 글을 쓸 여유가 없다. 자네 글 쓸 땐 조율해가면서 일해. 대신 꼭 우리 회사에서 내는 걸로. A출판사에서 단행본을 몇권 냈고, 황사장과는 형님 아우 하는 사이라지만 이례적인 조건임에는 틀림없었다. 나한테 왜? 하는 의심도 있었다. 하지만 허허한 자존심만으로는 조금 지쳤을 때다. 내게는 밥이나 방세보다 더 고약한 어머니가 있었다. 철이 없었기에 그 정도 예우는 받을 만하다는 허세도 있었지 싶다. 선의를 악의로 의심하는 나 자신을 탓하기도 했고, 내가 벌써 시장에서 끝난 것인가, 자괴감도 들었다. 때로 이들 판단은 소름끼치도록 정확했으니까. 오기가 동했다. 일도 내 글도 놓지 않는다. 사정이 급해 황사장의 미심쩍은 손을 뿌리치진 못했지만, 어떤 의도든 내가 쉽게 사용할 카드는 못될 거라는 확신이 있었다. 그때부터 '을'에서 '동료'로 바뀐 어린 사원과 내 작품을 직접 담당한 편집자의 후배가 되어 일을 배웠다. 동료들보다는 빠른 진급으로 사내에 더러 안 좋은 말도 있었다. 그러나 황사장이 직원들의 거센 항의가 있을 만큼 고속승진을 시키는 미련한 사람은 아니었다. 나도 동료 작가들을 섭외해 일을 맡으면서 얼굴마담용이라는 말은 피했다. 그러나 내 연봉은 사장 말고는 아무도 모른다는 말이 공공연히 돌았다.

아내를 직접 만난 건 입사하고 이년 뒤다. 차분하네. 아내의 첫인상이다. 아내는 지명도 높은 후배였지만 크게 궁금한 인물은 아니었다. 작품을 몇편 읽었고, 공개된 사진을 몇장 보았으며, 동료들과 사소한, 이를테면 항간에 떠도는 말이라든지, 이번 작품도 반응 좋네, 정도의 대화를 나눴을 뿐이다. 물론 남자 작가를 만날 때와는 분명 다르지만, 통상의 만남에서 인물을 따질 만큼 내 감각이 그쪽으로 열려 있지 않았다.

"정수현 씨 알죠?"

"반갑습니다."

황사장이 나를 소개했고, 나는 짧게 인사했다. 작가가 아닌 아내의 신작 책임편집자로 대면한 것이다. 갑과 갑이면서 갑과 을이기도 한 관계. 나는 아내를 두고 편집자의 매너와 문단 선배의 자존심 사이에서 조금 고민했던 것 같다. 아내가 잠시 자리를 비웠을 때 황사장이 물었다.

"어때?"

"뭐가요?"

"사람."

"글쎄요."

친해지기까지 시간이 걸리는 스타일이겠거니 짐작했을 뿐이다. 나이도 어린 것이 소위 이름 좀 났다고 우쭐거리는 행동도 없었다. 성품이나 행동에 대해 이러저러한 말이 전혀 없는 것은 아니나 크게 신경 쓰지 않았다. 나 또한 시답잖은 소문이 종종 있었으니까. 긴장도 많이 하고 말수도 적은 것이 누구와 잘 섞이지는 못하겠다. 문단 경력에 비해 지나치게 빨리 치고 나가면 고약한 말을 하는 사람도 더러 있으니 그녀도 힘들었을 테고. 그러니까 '후배'로서는 그러했던 것이다. 그러나 황사장이 '여자'를 두고 물을 때는 사정이 달랐다. 딱히…… 성의 없이 만든 밀랍인형처럼 인위적이고 생기 없는 얼굴이었다. 아내가 다시 자리에 앉았고, 보니 화장실에서 분을 바르고 온 듯했다. 번들거림마저 사라져 피부가 바짝 말라 보였다. 상대까지 숨죽이게 만드는 묘한 기운도 조금 불편했지 싶다.

"주로 밤에 작업해서 그렇지 뭐."

황사장이 말했다. 누군들. 작가 열에 아홉은 밤샘작업을 밥 먹듯 한다. 그렇다 하더라도 갓 서른 넘은 여자의 표정치고는 볼이 지나치게 굳었다. 웃어본 적이 단 한번도 없는 사람처럼. 아내의 편집자가 아니었다면 한자리에 그토록 오래 있기는 힘들었을 것이다. 차를 마신 뒤 잔에 닿은 입술 자국을 수시로 닦는 행동도 거슬렸다. 옅은 살구색 립스틱을 발라 잔에 묻었을 것 같지 않은데도 마실 때마다 닦았다. 나 좀 보아요, 하는 의식된 행동. 그러니까 그게 자연스럽지 않았다. 나는 그런 것이 불편하다. 의식된 행동을 의식하지 못한 척하려면 인내심이 필요하다. 그냥 드시지 그래요? 빨대라도 드릴까요? 그런 말, 하고 싶었다. 그럼에도 불구하고 몇해 뒤 우리는 결혼식을 올린다.

광화문 한 빌딩에서 문학상 시상식이 있다. 매년 부문별 우수작품을 선정해 시상하는데, 소설 부문에 이철구 선생의 『상속』이 선정됐다. 우리 A출판사가 출간한 책이다. 나는 황사장과 함께 식장

16

으로 들어섰다. 벌써 많은 사람이 자리하고 있다. 늘 징글맞게 똑같은 모습이다. 특별한 날 분명 신경 쓴 차림이겠으나 온통 검거나 잿빛이다. 가슴에 꽃을 단 주인공도 크게 다르지 않다. 시상식에 이어 곧장 장례식을 진행해도 괜찮겠다. 유구한 문학상과 함께 이어져온 드레스코드 같다. 매년 수상자가 바뀌고 그에 따라 약간의 하객이 바뀌지만 결국 같은 모습인 것이다. 나는 가끔 정신 나간 타조가 미친 듯이 날뛰고 다녀 저 엄숙한 식장을 왈칵 뒤집는 상상을 한다. 자리를 잡고 앉아 물로 목을 축이며 식장을 둘러본다. 나도 벌써 올해로 등단한 지 꼭 이십년이다. 그동안 많은 작가가 나오고 그 수만큼 사라졌다. 아니, 어딘가에서 무엇이든 쓰면서 살고 있겠지. 그들도 이와 비슷한 자리에서 상을 받고 홍조 띤 얼굴로 당선 소감을 전하며, 이제 가끔은 독자들에게 호명되는 작가로 살아가는 어느 모습을 꿈꿨을 것이다. 쓸쓸하다. 아내는 독자와의 소통은 좋았으나 동료들과는 그렇지 않았다. 살갑지 않아 선후배와 쉽게 어울리지 못했고, 아내 특유의 고요한 기운에 동료들도 동석하기를 꺼렸다. 말 걸지 않고 말하지 않는 껄끄러운 고요……

"지루해. 그쪽으로는 따를 자가 없어. 불편하지."

동생처럼 가깝게 지내는 후배, 도하가 한 말이다.

"좀 고요하지."

"언제부터 고요하고 지루가 동격이 됐어? 근데 참 신기하지. 형수 글에서는 그런 게 전혀 안 보이잖아. 존경해."

"존경하는 사람하고 사는 것도 괜찮지."

"난 솔직히 형 안쓰러워."

"미친놈."

도하는 저 먼 출구 쪽 테이블에 앉아 있다. 지루하다 싶으면 도
망가려는 심산이겠지, 후후. 도하 바로 옆 테이블의 낯선 듯 낯익은
여자와 눈이 마주쳤다. 마주친 것 같다. 그녀가 식장을 둘러본다.
누구였더라.

"사진 찍어야지?"

식이 끝나자 황사장이 일어서며 말했다. 장내가 기념촬영을 하
는 사람들과 뒤늦게 알아보고 인사하는 사람들로 어수선하다. 그
녀는 그대로 앉아 촬영하는 모습을 지켜본다. 누구지. 누구였더라.
사진기사의 요청에 따라 키와 열을 맞추고 몇 컷의 사진을 찍었다.
그녀가 이쪽을 보고 있다. 웃고 있지 싶은데. 그녀도 나와 아내를
알고 있을까. 그럴 것 같다 생각하던 차에, 그녀가 소설 쓰는 이인
주와 함께 식장을 나갔다.

갑갑한 빌딩을 벗어나 작은 맥줏집에서 겨우 숨통을 텄다. 술이
몇 순배 돌고서야 외투를 벗고 어깨에 앉은 피곤함을 털어내는 것
이다. 이선생이 참석한 축하객에게 노래로 답례를 한다. 이 세상의
부모 마음 다 같은 마음, 아들딸이 잘되라고 행복하라고…… 이선
생이 어딜 가나 부르는 노래다. 늘 반동을 주며 불러 어린 여자 후
배들은 군가로 아는 경우도 적지 않다.

"반동 시작! 하나 둘 셋 넷! 마음으로 빌어주는!"

도하처럼 능청맞게 군가식 제창까지 하면 영락없이 속고 마는 것이다.

이선생이 노래를 마치자 여자 후배가 도하에게 묻는다.

"군인들, 이 노래 부르다가 부모님 생각나서 많이 울겠어요."

"울기만 해? 이 노래 부른 날 밤에는 꼭 한두놈이 탈영을 해. 내 후임이 야밤에 내무실을 스윽 나가는데, 못 잡겠더라. 그래, 가라. 영창은 내가 대신 간다! 새끼야, 너 효도해야 돼! 그러고 보내줬잖아."

"영창도 대신 갈 수 있어요?"

"그럼! 그게 바로 전우애라는 거야."

"치이, 그런 게 어디 있어요?"

"민간인이 뭘 알겠냐. 너 진돗개 발령이라고 들어봤어? 그거 떨어지면 부대가 즉각 출동해서 전방을 샅샅이 수색해야 돼."

"왜요?"

"진돗개 찾아야지. 그거 천연기념물이야. 군인은 국민의 생명과 재산을 보호해야 할 의무가 있거든. 많이 찾을수록 포상휴가 길게 받는다."

도하가 너스레를 떨자 이선생이 도하의 머리를 마구 흔든다.

"에라, 새끼야! 나는 총알 대신 도토리 장전해서 간첩 잡았다, 마! 그랬더니 이것들이 묵을 들고 투항하더라. 새끼가 뻥을 치려면 그럴듯하게 쳐야지."

후배가 나를 보고 묻는다.

"선생님도 군대 다녀오셨죠?"

"네."

그러자 도하가 내 대신 사뭇 진지하게 말한다.

"저 형 통신병이었거든. 북한 애들이랑 몰래 교신해서 귀순시킨 애들만 한 트럭이야. 저 형 이빨이 장난 아니라 손에 손 잡고 넘어왔어."

"말도 안돼. 선생님, 진짜예요?"

"진짜예요. 후후후."

후배가 어이없는 표정으로 픽 웃고 다른 테이블로 자리를 옮겼다.

"하여간 글쟁이들 이빨은…… 어? 야, 서영재!"

이선생이 자리에 앉는가 싶더니 문 쪽을 보며 소리쳤다.

그녀가 왔다. 그래, 서영재였다. 그녀는 B출판사 문학상으로 등단했다. 아마 오년쯤 됐다 싶다. 문예지에 실린 그녀의 단편은 몇편 읽었으나 아직 장편은 읽지 못했다. 독자들에게 크게 각인된 작품은 없어도 꾸준히 작품을 발표하며 서서히 존재를 드러내고 있는 후배다. 내가 아는 그녀의 정보는 그뿐이다.

"아까 식장에서 본 것 같은데 왜 이제 와?"

"시 부문 한동섭 선생님이 은사님이시거든요. 거기 다녀왔어요."

"어지간한 애들은 다 동섭이형 제자구만."

이선생과 그녀가 우리 테이블에 앉는다. 내 앞이고, 도하 옆이다. 그녀가 비정상적으로 굵고 긴 감자튀김을 먹는다. 눈길도 주지 않던 음식인데 처음으로 맛있겠다는 생각을 했다.

"니가 그 영특하다는 똘재 맞지?"

도하가 몸을 살짝 틀어 물었다. 그녀가 네, 짧게 답한다.

중성적인 이름 때문인지 도하의 스스럼없는 어투가 잘 어울린다.

"너 왜 이렇게 비싸? 얼굴 좀 내밀고 살아, 마."

하하하. 웃는 그녀의 입안에서 미처 삼키지 못한 감자튀김이 보인다. 도하가 그녀의 데뷔작 『통증』에 대해 짧은 감상을 전했다. 좋더라.

"뒤에 쓴 게 더 좋아요."

"뒤에 건 안 읽었어, 마."

처음 만난 것 같은데 둘의 호흡이 좋다.

"선생님, 안녕하세요."

"그냥 정선배라고 해."

그녀의 인사로 나는 그제야 눈을 마주칠 수 있었다.

그리고 그때, 아내가 두명의 편집자를 대동하고 나타났다. 당신, 왔군. 이제 막 온 두 편집자가 이선생에게 축하인사를 건넸다.

"무덤에 들어가기 전에 하나 준 거지 뭐. 앉아, 앉아."

사람들이 자리에 앉기도 전에 도하가 벌떡 일어난다.

"저 누나가 저기 있었네. 가봐야겠다."

도하는 자신의 잔을 들고 빠르게 자리를 옮겼다. 도하가 떠난 자리에 아내가 앉는다. 그리고 서영재, 그녀는 이제 치킨 조각을 들었다. 튀김을 좋아하는 것 같다. 여보, 나 냅킨. 나는 그녀의 잔 옆에 놓인 상자에서 냅킨을 뽑아 아내 앞에 놓는다. 테이블 위로 오가던 대화가 사라졌다. 아내가 왕림하셨다. 아내가 이런 누추한 자리까지 와주신 것이다. 테이블에 적막이 흐른다. 말이 사라진 컴컴한 맥줏집이 오래된 굴처럼 스산하다. 이 불편한 고요. 어느 돌 틈에서 똑, 똑, 떨어지는 물소리가 들리는 것 같다. 나마저 굴에 산 사람을 재현해놓은 조형물이 된 기분이다.

"안녕하세요."

"네. 안녕하세요."

편집자 하나가 그녀에게 인사하고, 그녀도 그들에게 인사한다. 그러나 아내는 그녀 따위 신경 쓰지 않는다. 눈에 익지 않았다. 신인이거나 타이틀이라도 익숙한 대표작 하나 없는 중견이거나. 아내의 무시는 자신의 민감한 반응에 대한 강력한 저항이다. 개천에서 자란 아이가 아니다. 개천일지라도 상류 쪽이다. 아내가 세일도 하지 않는 명품 재킷을 입고, 그녀가 시장에서 반값으로 후려쳤을지 모를 싸구려 코트를 입어도, 아내는 그녀 본유의 태를 넘볼 수 없다. 어른들이 흔히 말하는, 귀여움을 넘어 귀함이 깃든 권. 존중받으며 자란 자들이 뿜는 여유있고 존엄한 낯빛. 성공했다고 어느 날 훅 박히는 상이 아닌 것이다. 아내는 그런 걸 못 견뎌했다. 잘난 부모 밑에서 어려움 없이 자라 세상이 다 그런 줄 아는 사람을 혐오했다. 나도 그런 부모 만났으면…… 그것이 한 걸음 더 나아가, 그런 부모 밑에서 그것밖에 안됐니? 하는 빈정거림으로 바뀌는 것이다. 현재의 성공이 과거를 미화시킬 수는 있어도 뒤바꾸거나 보상이 될 수 없다는 것을 아내는 안다. 오히려 징글맞게 산 과거가 끔찍하게 달라붙어 숨통을 조인다. 내가 희망이라고요? 개천 출신 이라는 말이 하고 싶은 건 아니고요? 아내는 이미 저런 상을 가진 후배에게 실수를 한 적이 있다. 잘 먹고 잘살았겠네. 그가 살아온 평안한 날을 시기하며 지금의 힘으로 그날을 비웃은 것이다. 네. 짧 은 한마디에 그렇게 당황할 거였으면서. 무슨 문제 있습니까? 하는 그의 눈빛에 나조차 당혹스러웠지 싶다. 지금 그녀를 애써 외면하 는 것도 일종의 그런 것이다. 없는 사람 취급하는 것. 너 따위 눈에 안 들어와. 그녀가 또다시 치킨 한 조각을 들었다. 그리고 아내 쪽 을 슥 본다. 뭐야, 이 덩어리는. 거추장스럽다는 표정이다. 한 직원 이 생맥주 이천 씨씨가 든 대형 컵을 들고 지나간다. 우리의 시간 은 멈췄고, 저들의 시간은 여전히 흐른다. 흐름에서 밀려나와 외따 로 고인 시간 구덩이.

"영재야!"

뚝 떨어진 테이블에 앉은 인주가 그녀를 불렀다. 그녀가 가버렸 다. 그리고 그들과 이야기를 나눈다. 누구도 이쪽을 보지 않는다. 아내가 일어섰다. 여보, 갈게요. 드디어 아내가 같이 온 편집자들과 함께 사라졌다.

"술 좀 다시 시킬까? 김이 다 빠졌어."

이선생이 새 맥주를 주문했다.

그녀와 다시 동석하기까지 두개의 테이블을 거쳐야 했다. 도하와 인주도 함께한 자리였다. 도하는 어머니가 출산 중에 목숨을 잃을 뻔할 정도로 두상이 커 동네에서 가장 비상한 아이였다고 한다. 머리 크다고 지능까지 좋으냐며 인주가 도하의 말을 받고, 곧 자기 이야기를 얹는다. 얼마나 예뻤는지 동네 아주머니가 여자 한복을 입혀봤을 정도였다고. 한 평론가는 지적(地籍)에 밝아 아이들 데리고 보물을 찾아 동네 구석구석을 돌아다녔고, 실제 어떤 귀걸이를 찾아냈다고 한다. 그런데 어머니가 장신구는 줍는 게 아니라며 내다버렸다고. 유쾌한 유년시절의 이야기다.

"넌 뭐 없어?"

도하가 그녀, 영재에게 물었다.

"나는 수태고지 받고 태어난 사람이에요."

영재가 대수롭지 않게 툭 뱉듯이 말했다.

이 녀석, 내게는 무척 낯선 코드를 가졌다.

"엄마가 나 임신했을 때 옆집 무당 할머니가 그랬대요. 자네, 사람들을 양떼처럼 몰고 다닐 아이를 가졌네."

무당? 도하가 황당한 얼굴로 바라본다.

"그 할머니, 손에 꼽히는 큰무당이었어요."

"양떼 몰 때가 언젠지는 안 알려주셨대? 뭐 이런 게 다 있어……"

두 사람, 묘하게 잘 어울린다. 영재 서른넷, 도하 서른여덟. 나쁘지 않다. 우리는 때로는 실없는, 때로는 진지한, 그러나 역시 농담인 이야기로 맥주를 달게 넘겼다. 그 이야기 속에서 나는 영재의 것만 고른다. 양쪽 무릎에 크고 작은 흉터가 아홉개 있고, 탄산음료

중 유독 콜라만 몸이 거부한다. 콜라 한 병을 마시면 소주를 한 병 마신 것처럼 심장이 뛴다고. 그리고 아직 결혼은 하지 않았다.

사내 정보를 통해 영재의 연락처를 찾았다. 아직 우리 회사에서 단행본을 출간하지는 않았지만 계간지에 단편은 몇번 발표했다. 마포구 서교동 어느 빌라. 010-32××-32××. 영재에게 통화 한번 하자고 메시지를 남겼다. 그리고 전화는 두시간 뒤에 왔다. 오후 세시인데 새벽 세시에 통화하는 기분이다. 전화기로 곤한 잠이 넘어 온다.

"문자 확인 늦어서 죄송해요. 잤어요."

"괜찮아. 너 단편 하나 쓰자."

"써놓은 것 있는데 이따가 드려요?"

저 감사하신 인심에 넙죽 인사라도 해야 할 것 같다. 보통은 나처럼 연배 있는 선배가 청탁하면 원고를 봐달라고 하지, 드려요? 라고 하지 않는다. 그럼에도 어떤 오만함이나 과잉된 간절함이 없다. 아직 신인의 맹랑한 패기로 봐야 하나, 등단과 동시에 문학에 통달한 대문호가 돼버리는 위대한 작가님으로 봐드려야 하나.

"메일 주소 남길 테니까, 아무 때나 보내."

"네."

"혹시 단편 쓴 거 더 있나?"

"없는데요."

"한편 가지고 힘준 거야?"

"몇편 더 써드려요?"

하아 — 독특한 언어 구사에 힘이 죽죽 빠진다. 밥 더 드려요? 원고를 두고 밥 한 공기 더 퍼주는 것처럼 말하는 것이다. 그런데 정말 밥 뜨듯 뚝뚝 써서 완성된 원고를 보낼 것 같은 이 근거 없는 듬직함은 또 무엇인가. 전화로 오래 말할 자신이 없는데 어쩐지 끊고 싶지 않다. 영재 혼자 종일 떠들어도 좋겠고, 자니? 아뇨. 그런 간당간당한 연결만으로도 좋겠다.

"더 할 말 있으세요?"

"아니."

전화를 끊고 일층 서고로 내려갔다. 자료도서로 영재의 책도 있을 거였다. 예상대로 영재의 책 두권이 약간의 간격을 두고 책장에 꽂혀 있다. 한권은 아무도 읽지 않은 게 분명하다. 직원 총 52명. 자사 책도 다 읽지 못하는 상황이니, 하고 위로해본다. 나는 영재의 책을 가지고 올라와, 데뷔작인 B출판사 문학상 수상작 『통증』을 먼저 펼쳤다. 사진 잘 나왔군. 책날개에 들어간 사진이 쿡쿡 웃는 모습 그대로였다. 첫 문장부터 피가 흐른다. 복부를 쑤신 칼이 근육 수축으로 부드득부드득 잘 빠지지 않는다. 손잡이가 누의 뿔로 된 사냥칼로, 날 길이가 십삼 쎈티미터다. 경동맥에서 솟구치는 피. 책을 세탁기에 탈수시키고 널어도 피가 뚝뚝 떨어질 것 같다. 나는 잠시 책을 덮고 계간지에서 읽은 그녀의 단편을 떠올린다. 장지로 가는 할머니 상여에 앉아 방글방글 웃던 여자아이. 뒤따르는 행렬에게 한지로 된 흰 꽃을 흔들며 상여꾼의 만가를 불렀지. 오래전에 떠난 아이였다. 나는 읽던 『통증』과 나머지 한권을 챙겨 가방에 넣었다. 조용한 곳에서 차분하게 읽고 싶었다.

회사를 막 나서려는데 뒤에서 황사장이 부른다.

"정이사, 약속 있어? 오랜만에 나왔는데 한잔하자."

재작년부터 이제 회사를 떠나고 싶었다. 그러나 황사장이 사내에 상주하지 않는 편집고문이사라는 어색한 직책으로 돌렸다. 일 있을 때만 나오면 글 쓰는 데 방해되지 않을 거라고, 나이 들수록 적을 둔 곳이 있어야 한다고. 글 때문이 아니었다. 나는 그만 이곳을 벗어나고 싶었다.

"어디로 갈래? 일산 괜찮지?"

"합정으로 가죠."

서교동과 마주한 합정동. 영재가 있는 자기장 안으로 들어간다. 평소 자주 찾는 지역인데 이제 기류가 바뀌었다. 거기에 영재가 있다. 황사장이 도하에게 전화했고, 도하는 마침 인주와 함께 있다고 했다. 우리는 자주 가는 술집에서 만나기로 한다. 그러면서 혹시 영재도 올까 하는 무모한 기대도 해본다. 자동차는 회사 주차장에 두고 버스를 탔다. 파주를 떠난 버스가 자유로를 달린다. 나는 옆으로 흐르는 한강에서 힘차게 튀어오르는 물고기가 아닌 가라앉은 누군가를 떠올린다. 개천이든 강이든 바다든, 물은 내게 그렇다.

"자네 요즘 괜찮지?"

"그렇죠, 뭐. 애들은 이제 다 컸죠?"

"자식 다 소용없어. 감사는커녕 탓이나 안하면 다행이지. 나 죽을 때라고 별거 있을 것 같아? 아버님, 혹시 남기신 재산이라 도…… 없다. 야, 누구 상조 든 사람 있냐? 그럴 놈들이야."

황사장은 아내의 오빠다. 나는 그 사실을 결혼하고 몇개월 뒤 혼인신고를 하는 과정에서 알았다. 호적에 성은 다르나 매우 낯익은 이름의 오빠가 있었던 것이다. 오빠가 있군. 황사장이에요. 아내는 더이상의 말을 하지 않았고, 황사장 또한 동생인 건 맞아, 하고 자세한 언급을 피했으므로 더는 묻지 않았다. 내가 아는 것은, 그들 부모들의 얽히고 얽힌 결혼으로 피 섞이지 않은 남매가 되었다가, 황사장 아홉살, 아내 세살 때 헤어졌다는 것뿐이다. 그저 그렇고 그런 삶 흥미 없었다. 어지간한 가정사는 문학판에 명함도 못 내민다고 하지 않는가. 아비 손에 죽어 시체보관실에 누웠다가 스스로 걸어나왔다면 좀 놀랄까. 그저 찜찜했던 입사 제의가 떠올라 후후 웃었지 싶다.

"뭐 하나 되는 놈 있다 싶으면 지가 그놈인 양 설치고, 골수까지 빨아먹고도 더 빨아먹을 거 없나 군침 흘리는 게 가족이야."

황사장이 한 말이다. 어머니를 따라간 어린 아내가 어떻게 자랐는지는 잘 모른다. 전혀 짐작이 안되는 것은 아니나, 아내가 유년시절 이야기를 극도로 자제했으므로 굳이 묻지 않았다. 작가로 성공한 뒤에 나타난 몇몇 친척 때문에 맘고생을 했다는 건 알고 있다. 언론이 아내의 책 판매부수를 매우 친절하게 알려주는지라 안하던 장사까지 망했다며 찾아오는 이도 있었다고. 아내는 어머니가 임

종을 앞두고 한 말을 떠올린다. 오빠를 찾아라. 어릴 때 헤어져 남보다 더 남처럼 살았지만 법적으로는 여전히 남매였다. 황진구. 황사장은 아내와 매우 가까운 곳에 있었다. 혹시 주민등록번호 이것 쓰시나요? 혹시 고선아 씨 따님입니까? 그가 얼마나 당황했을지 미루어 짐작된다. 한창 주가를 올리고 있는 작가가 동생일 줄이야. 흔한 이름이었고 세살 때 모습은 전혀 기억에 없었다. 존재조차 잊고 살았는데 오빠는 출판사 사장이 되었고 동생은 작가가 되었다. 두 사람 인연이 그저 스치는 인연만은 아닌 게 분명했다. 그리고 아내에게는 남편이 필요했다. 황사장이 물었다.

"유선생하고 결혼 어때?"

"나쁠 건 없죠, 뭐."

나는 가정이라는 울타리 안에 잠시 숨고 싶었다.

내가 할까

    맥주를 마시며 뻔한 근황과 뻔한 일상을 이야기한다. 황사장이 B 출판사와 접촉이 잦은 인주에게 그쪽 상황을 넌지시 묻기도 했다. 외형상 이제는 어깨를 나란히 한 것처럼 보이지만, B출판사는 A출판사가 넘볼 수 없는 역사와 전통을 가졌다. 말이 좋아 상생관계지 황사장에게 B사는 도로 한가운데 떡 서 있는 고목 같은 존재일 것이다. 뽑자니 주민들 눈치가 보이고 두자니 영 거슬리는. 그렇다면 스스로 썩거나 말라 죽어야 할 텐데 고목이 괜히 고목이 아니다.

    "거긴 생전 불황을 몰라. 되려니까 영화까지 터지네. 눈치 보여서 대놓고 웃지도 못할 거야. 혹시 뭐 또 터질 거 있나?"

    "그걸 제가 어떻게 알아요. 거기 은근히 철통보안이잖아요."

    "영업부 애들 움직이는 게 심상찮던데."

"어떻게요?"

"갑자기 숨 고르기를 하고 있어. 뭐 하나 들고 있는 게 분명해."

"밖에서 굵직한 타이틀 하나 따왔나?"

보니 인주도 딱히 아는 건 없는 것 같다.

"그런 쪽으로 무리수 두는 데가 아니지. 다른 거야……"

황사장의 촉수를 건드린 걸 보면 B사에 뭔가 있는 것이 분명하다.

"그나저나 요즘 시장 보면 묏자리 미리 봐둬야 하는 거 아닌지 몰라."

"역시 사장님은 다르네. 묏자리까지 쓰고. 난 화장해서 거기 통에 버리라고 해야지 뭐."

도하가 킥킥 웃으며 맥주를 쭉 들이켰다.

"난세에 영웅 난다고, 팔딱팔딱한 얼굴 좀 없나?"

"영웅인지는 모르겠고 팔딱팔딱한 애는 있잖아요, 걔. 서영재. 조용히 한명씩 킬하고 다니는 애."

"그 친구는 호불호가 너무 갈려."

"호불호 갈릴 틈도 없이 묻히는 애들 숱하게 보셨잖아요."

그때 인주가 끼어들었다.

"걔는 사람은 죽여보고 쓰는 건가 몰라요. 전개가 아주……"

빤한 농담에 비틀림이 서렸다. 문학상 시상식 날을 떠올려보면 둘의 사이가 나쁜 것 같지 않은데, 왜? 인주는 영재가 B출판사 문학상에 투고했을 때 예심을 봤고, 더할 나위 없는 평으로 작품을 뒷받침했다. 둘이 무슨 일 있었나.

"왜, 살인의 미학과는 동떨어진 전개방식이냐? 사람 죽였으면 어디서 조서 쓰고 있겠지 소설 쓰고 있겠어? 너는 대가리를 캔처럼 따서 좀 비워야 돼. 든 게 너무 많아서 탈이야. 론(論)은 평론가한테 맡기고 설(說)이나 책임져, 마."

도하가 스스로 빈 잔에 맥주를 채우며 말했다.

"웃자고 한 말을 뭘 그렇게 진지하게 받아요. 걔 본심에 올린 사람이 나예요."

인주가 머쓱한 얼굴로 제 잔을 비운다. 영재 이야기가 나와서 그런가. 내 가까운 어디쯤에서 놀고 있는 것만 같다. 마음 편히 놀기를. 일이 생기면 바로 갈 테니. 그때 마침 영재에게서 문자메시지가 왔다. 메일로 단편을 보냈다고 한다. 일이 생기긴 생겼군, 후후후. 나는 시간 되면 잠깐 보자고 했다. 지금요? 응. 어디세요? 합정. 합정역 3번 출구 괜찮아요? 갈게. 삼십분 뒤요. 그래. 도하가 나를 보며 웃는다.

"여자 생겼어?"

"미친놈."

습관처럼 맥주잔을 들었다가 다시 내려놓는다. 많이 마셨다. 도하의 휴대전화에 메시지가 왔다. 메시지를 확인한 도하가 빠르게 답을 보낸다. 내 전화기에도 기척이 왔다. 영재인가? 맞지? 도하였다. 이 자식이.

"맞네."

도하가 웃는다. 황사장과 인주도 웃는다. 비합리적이고 지극히

주관적이지만 빠른 공감대를 형성하는 이야기로 사내들이 웃는다. 안주보다 감칠맛 나는 어느 여인의 이야기. 손 안 대는 마른안주는 더욱 마르고 여인이 감긴 사내들의 입은 축축하다. 이제 막 셔츠를 벗는 여자를 상상한다. 등이 매끄러웠으면 좋겠다. 그리고 실제로는 불가능한 아직 시도해보지 못한 체위를 상상한다. 거친 호흡에 뇌관이 부풀어도 좋겠지. 환상 속의 그녀는 잔인토록 매혹적이다. 그러나 그녀가 아내인 적은 없다. 환상 속으로 아내가 오고 알몸의 그녀는 사라진다. 그러므로 다시 맥주로 입을 적신다.

"먼저 일어납니다."

"형, 오늘은 방 좀 더러워. 열쇠는 항상 거기!"

"번번이 고맙다."

사내들의 웃음이 호탕하다. 그들의 웃음소리가 질척이지 않은 건 그럴 가능성이 없다는 것을 매우 잘 알기 때문이다. 그렇다고 그런 날을 전혀 꿈꾸지 않는 것은 아니다.

영재의 집 근처 까페로 왔다. '창고'라는 이름답게 적당히 어둡고 적당히 어수선하다. 낡은 자전거가 벽에 기대어 있고, 끌로 긁은 듯한 벽 앞에 대충 쌓은 책더미가 놓였다. 창가의 작은 베고니아 화분과 밀대걸레의 조합이 재미있다. 테이블과 의자도 제각각이다. 낡은 패브릭 소파도 있고, 어느 공원에서 가져온 듯한 벤치도 있다. 잘 계획된 엉망진창. 그야말로 창고다. 우리는 참나무 테이블에 빨간 의자가 놓인 자리에 앉았다. 가장 구석지고 다락방처럼 작은 창문이 있는 자리다.

"이 집 토스트 맛있어요."

"그래."

조심스레 영재를 살핀다. 스키니 청바지에 깃 높은 흰색 셔츠 차림이다. 매우 얇은 천이라 속에 입은 민소매 티가 보인다. 잘 어울린다. 나는 흰색 셔츠가 어울리는 여인을 많이 보지 못했다. 흰색 셔츠는 마른 여인을 더 마르게, 뚱뚱한 여인을 더 뚱뚱하게 만든다. 주름과 땀구멍 속 파운데이션을 보게 했고, 흰 줄 알았던 여자가 비로소 검은 피부를 가졌음을 알게 했다. 영재가 잘 어울리는 건 그녀의 선 때문이다. 곧게 뻗은 쇄골과 어깨선이 셔츠를 잘 받치고 있다. 어쩌면 그것은 색이 아닌 선의 문제였는지 모른다.

"이 의자 되게 편하죠? 소파처럼 생겼는데 돌아가요."

영재가 손잡이를 잡고 의자를 좌우로 움직인다. 허벅지에서 종아리로 떨어지는 선이 깔끔하다. 테이블 밑으로 무릎걸음으로 다가와 내 허벅지 사이로 들어와도 좋겠다. 점원이 테이블에 커피 찌꺼기를 깐 재떨이를 내려놓고, 하늘색 선풍기를 약하게 틀어준다.

"무슨 일 있어요?"

"왜?"

"작품 보냈다고 하자마자 보자고 하시니까."

"아무 일 없어. 그건 그렇고, 왜 그렇게 사람을 죽이는 거야?"

"내가 죽인 게 아니라 그들이 그렇게 죽은 거예요."

어디서 무엇을 하다 나타난 녀석일까. 『통증』에서 살인에 사용된 칼은 아버지의 사냥칼을 모델로 했다고 한다. 아버지? 아버지라는 말에 내가 민감하게 반응한 모양이다. 영재가 웃는다. 그 칼은 그저 모델이었을 뿐이라고. 혹시 눈여겨보는 후배가 있는지 물었다. 그러나 영재는 다른 작가나 작품을 이야기하는 걸 좋아하지 않았다. 도무지 문학이 뭔지 모르겠는데 그래도 아는 척 거드름 피울 내공이 아니라고. 좀 알겠다 싶으면 역시 또 모르겠는 게 화악 몰려와 다른 이의 작품을 평가할 수 없다고 했다.

"남의 책 분석할 시간이 어디 있어요? 내 거 분석하는 것만으로도 머리가 뽀개질 것 같은데. 다른 사람 작품은 오락이고 휴식이에요. 고통은 작가가 쓰면서 충분히 받았을 테니까 나는 즐기는 거죠. 시간과 돈을 투자한 독자의 위엄입니다. 하하하."

"데뷔하는 순간 지가 고골인 줄 아는 애도 있어."

내 말이요, 하고 영재가 말을 이었다. 자신과 비슷한 시기에 등단한 한 동료가 있는데, 어찌나 도도하고 어깨에 힘주고 다니는지, 내 나라에 드디어 고골 주니어가 탄생했구나, 이제부터 한국문학은 모두 저 친구 작품에서 나오겠어, 하며 존경까지 할 뻔했다고 한다. 후후후. 나도 한때는 내가 고골 주니어 손자쯤은 되는 줄 알았다.

"가끔 죽은 대문호들이 입으로 재림하곤 하지."

이야기 중에 주문한 토스트가 나왔다. 아홉시 넘어 토스트를 먹어본 적도 없지만, 저토록 두꺼운 프렌치토스트 사이에 달걀프라이가 들어 있는 것도 처음이다. 슈거파우더는 뿌린 게 아니라 쏟은 것 같다. 메뉴판 사진보다 실체가 더 풍성한 까페라니. 내가 주문한 아메리카노는 약사발만한 컵에 나왔고, 영재가 주문한 파인애플 주스는 유리 주전자만한 잔에 나왔다. 어느 인심 좋은 사람의 식량 저장창고인가보다. 영재가 함께 나온 나이프를 사용하지 않고 토스트를 냅킨으로 감싸 햄버거처럼 먹는다. 나는 어떻게 먹어야 하나 잠시 고민하다 나이프로 작게 잘라 맛을 보았다. 단걸 좋아하지 않아 듬뿍 뿌려진 슈거파우더에 당황했는데 심하게 달진 않다. 튀긴 것 같기도 하고 구운 것 같기도 한 두툼한 식빵도, 그 사이에 있는 달걀도 나쁘지 않았다. 그렇다 하더라도 무슨 수로 다 먹으라고 이 큰 토스트를 한 사람에 두개씩이나 주나. 커다란 토스트를 금세 하나 먹어치운 영재가 담배를 꺼냈다. 아담한 크기의 노란색 갑은 흡연 경고를 단번에 날릴 만큼 산뜻했다.

"케이스 귀엽네. 하나 줘봐."

담배를 핑계로 나는 포크를 내려놓았다. 영재에게 불을 붙여주고 내가 문 담배에도 불을 붙인다. 하이고 자식, 담배가 꾼처럼 몸에 붙지 않는 걸 보니 습관적 흡연은 아닌 것 같다. 어린아이한테 사탕 하나 빼앗아 먹은 기분이라니. 내가 보자고 했으니 무슨 말이라도 해야 할 텐데 딱히 할 말이 없다. 이 동네에 오래 살았나? 하는 맥 빠진 질문으로 어색함만 겨우 모면할 뿐이다. 보니 이 근처에서 혼자 살고 있고 이성으로 만나는 남자도 없는 듯하다. 소설이 아니었다면 이유 없이 이 시간에 함께할 수 있었을까.

"좋아하는 사람 없어?"

"도하선배 좋아해요."

윤도하. 연기를 깊게 삼켜 숨 쉬는 중에도 조금씩 새어나온다.

"왜?"

"좋아하는 데 이유가 어디 있어요. 싫은 것에 이유가 있는 거지. 싫은 것도 그냥 싫은 건데, 그냥 싫다고 하면 되게 지각없어 보이잖아요. 도하선배는 그냥 좋아요."

"어떤 걸 싫어하는데?"

"나 좀 무겁지? 하는 종류의 것들. 무게는 보는 게 아니라 느끼는 거니까. 우리 할아버지가 그랬어요. 쓸데없이 무게를 잡는 건 그만큼 떠받들어주길 바라기 때문이라고. 가마솥이 뽐내는 것 봤니? 그런 건 양은솥이나 하는 거야."

"멋진 할아버지시군."

"내 손이 먹 가는 걸로 단련된 손이에요. 하도 애기 때부터 갈아서 난 먹 갈려고 태어난 줄 알았어요. 할아버지가 먹 갈자! 그러면 놀다가도 달려와서 갈아야 해요. 미끌미끌 찐찐하게 찰질 때까지."

그러면서 남은 토스트를 냅킨에 말아 다시 먹기 시작한다. 입가에 묻은 슈거파우더를 손바닥으로 대충 털고 손을 어디에 닦을지 테이블을 살핀다. 점원에게 물수건을 달라고 할까 하다 그냥 내 것으로 나온 냅킨을 영재에게 내밀었다. 고맙습니다, 하고 받아 손을 닦는다.

"너도 뭘 좀 썼어?"

"내가 한글 떼기도 전에 한 일, 두 이, 석 삼을 쓴 사람이에요."

"한자 잘 알겠네?"

"몰라요. 일이삼 쓰고 다시 일이삼, 내 머리가 사를 못 넘어가요. 오늘은 열번만 쓰자, 하시고는 내가 쓰는 동안 말씀하세요. 입으로 떠들지 마라. 한번 보여주는 것만 못하다. 입은 닫았을 때 귀하고 손은 움직일 때 귀하다. 사람은 위에 있을 때를 봐라. 아래에 있을 때는 누구나 얌전하다. 존경하되 비굴하지 말고 거느리되 군림하지 마라. 귀에 딱지가 앉아요."

저런 조부를 둔 사람이 정말 있었군. 어릴 적 나는 그런 노인을 명절에 TV에서 해주는 특집방송에서나 볼 수 있었다. 고고한 한옥 처마에 달린 풍경이 바람에 기우는 장면에서 끝나던. 몇대가 함께 살며 대대로 내려오는 가풍을 묵시적으로 전수받는. 내 나라 전통이라는데 내게는 너무 이국적이고 낯선 모습이었다. 설빔을 차려 입은 아이가 음식이 잘 차려진 상 앞에 앉아 실제로는 본 적 없는 놋대접에 떡국을 먹으면, 저 아이는 나와 다르다, 좋겠다, 그랬다.

"손녀 데리고 글 쓰는 할아버지라, 정말 멋지시네."

"멋지셨죠. 왜 맨날 술 먹고 파출소에 가 있나 몰라. 순경을 하도 두들겨 패서 동네에서 찍혔어요. 그러다가 술병으로 돌아가셨죠."

하하하! 느닷없이 웃음이 터지고 말았다.

"우리 할아버지가 아버지한테 그랬어요. 사내가 웃음이 헤프면 안된다!"

"꼭 나한테 하시는 말씀 같군."

"난 선배님 좋아요."

"왜?"

"군소리가 없어서."

내게는 좋아하는 이유가 있다. 굳이 지각 있게 좋아하지 않아도 되는데. 그냥 좋다는 도하에게 살짝 무거운 질투를 느낀다. 내가 알기로 도하는 느끼한, 지루한, 허세 등등의 것을 싫어한다. 폼 잡는 자체가 별 볼 일 없는 사람임을 증명하는 거라고 말한 적 있는데, 영재가 한 말과 맞닿아 있지 싶다.

"그런데 내가 진짜 싫어하는 게 뭔 줄 알아요?"

"글쎄."

"느끼한 사람. 미세하게만 감지돼도 죽을 것 같아요."

어라, 이 녀석들 좀 보게. 도하 역시 그러하다. 자식, 존재감이 대단하군. 영재가 드디어 두개의 토스트를 모두 먹어치웠다. 아직 저녁식사를 하지 않았나. 밥을 사줄걸 그랬다. 안 드세요? 영재가 묻는다. 먹어. 이런 것 좋아하지 않는데…… 나는 벌써 포크로 토스트를 자르고 있다. 후텁지근한 더위를 빨아들인 토스트는 이제 바삭함을 잃었다.

"이런 거 말고 또 뭐 좋아해?"

"고기요."

"다음에는 고기 먹자."

대화를 조금 나누고, 토스트와 살짝 씨름하고, 담배를 몇대 피운 것뿐인데 벌써 두시간이 지났다. 나는 밤을 새워도 좋은데 영재는 아니겠지. 영재가 냅킨으로 부채질을 한다. 차를 가지고 올걸 그랬나. 어느 바람 좋은 곳으로 데려가 편히 쉬게 할 수도 있었을 텐데.

처음으로 자동차를 이동수단이 아닌 휴식공간으로 떠올려본다. 우리는 까페를 나왔다.

"누가 교열 봐요?"

"내가 할까?"

"선배님 아직도 교열 보세요?"

"하라면 해야지. 작품 주신 분인데."

"그럼 선배님이 해주세요."

우리는 그렇게 헤어졌다. 나는 골목으로 들어간 영재가 완전히 사라지는 것을 확인하고 발길을 돌렸다. 온 길을 되돌아간다. 이곳에 언제 이렇게 많은 까페가 생겼나. 아직 테라스에 앉아 맥주를 즐기는 사람이 꽤 있다. 잠시 멈추고 걸어온 길을 돌아본다. 이 길을 따라가면 영재가 있다. 거기에.

가을호에 영재의 단편을 싣기로 했다. 내가 직접 교열 보겠다는 말에 직원이 웃는다. 밀어주는 거예요? 오랜만에 해보고 싶어서. 원고지 백매 분량의 단편이다. 두번을 읽고 꼭 한번쯤 내는 오타와 조금 명확하지 않은 문장에 첨언을 적었다. 도하에 뒤지지 않을 만큼 어수선하고 장난기 넘치지만 원고는 비교적 깔끔하다. 그런 면에서도 둘은 닮았다. 간혹 암호 해독에 가까운 원고도 있다. 심오하게 심란해 짐짓 그러할 이유가 있나 싶어 심각하게 물어보면 그저 습관에서 나온 문장인. 자네가 고쳐. 문제는 내가 다른 작가 작품에 교열 본 내용이 내 원고 교정지에도 똑같이 있다는 것이다.

"교정지, 파일로 보낼까 우편으로 보낼까?"

"우편이요. 파일로 보면 머리 아파요. 합정 나올 때 주셔도 되고요."

"오늘 갈게."

그렇게 다시 만났다. 창고 같은 '창고'에서. 그날처럼 작은 창문 앞 테이블에 앉았고, 점원은 또 회전할 때마다 띡띡 소리를 내는 하늘색 선풍기를 틀어주었다. 다행히 따로 식사할 생각에 부담스러운 토스트는 피할 수 있었다. 나는 영재에게 교정지와 담배를 내밀었다.

"그 노란 담배 좀 느끼하더라."

편의점에서 저 까맣고 얇은 담배를 보는 순간 그냥 영재가 떠올랐다. 무슨 선배가 담배를 권장해. 영재는 구시렁거리며 갑의 비닐을 벗기고 담배를 물었다. 영재의 티셔츠에 허리가 램프 주둥이에 걸려 끙끙대는 지니가 그려져 있다. 소원을 말하기도 들어주기도 난감한 상태다. 어떻게, 다시 들어갈 순 있겠니? 그렇게 나는 지니를 살폈고, 영재는 교정지를 살폈다.

"선배님, 글씨 잘 쓰네요. 여자들이 글씨 잘 쓰는 남자 좋아하는 거 알아요?"

"몰라. 꼭 그렇게 하라는 건 아니고, 알지?"

"바꿀게요. 내 깊은 내공에 의하면, 선배님 같은 편집자는 애먼 말 안하더라고요."

벌써 깊은 내공을 가진 후배의 결연한 판단에 웃음이 터졌다. 영재는 교정지를 대충 훑어보고 다시 봉투에 넣었다. 그러고는 빨대로 파인애플 주스를 쭉 빨면서 나를 본다.

"선배님 웃는 거 되게 예뻐요."

"까불래?"

"내가 진짜로 할 말 많은데 꾹 참고 있는 거예요."

"왜?"

"괜한 말 했다가 애먼 말 들을까봐요. 그놈의 말, 말, 말."

영재가 귀를 막고 머리를 흔든다. 이제 오년차가 귀 막고 비명지를 정도면, 나는 아예 울고 싶겠다. 주목할 만한 신인이라는 말은 곧 인물이 반반해서, 쪽으로 흘렀다. 그리고 말, 말, 말. 더러 사실인 면도 있지만 대부분이 안줏거리로 씹을 헛소리였다. 소문 속 나는 때마다 섹스 파트너를 바꾼다. 아쉽게도 결혼한 뒤에는 아내가 나의 파트너를 모두 쳐내는 불상사가 발생한다. 그러나 나는 대단히 주도면밀하다. 괜찮은 여자 후배가 나타나면 어딘가에서 아무도 모르게 일을 치르는 것이다. 나는 소문 속 나를 동경하며 초연하게 현실을 살았다.

"선배님, 홍미나 선배님하고 친해요?"

"누구?"

"『유리도미노』 쓰신 선배님요. 끝내주게 예쁘잖아요."

"예쁜 건가?"

"우린 눈코입만 있으면 예쁜 거예요. 작가 미모에 대해서는 한없이 관대하거든요."

"끝내주게 예쁜 건?"

"일반인 기준으로 평범선에 도달했을 때. 화장이라도 해봐요, 바로 미모의 작가로 등극해요. 사람들이 잘 몰라요. 미모의 지름길이 성형이 아니라 작가 데뷔라는 걸. 등단과 동시에 외모 비판 전면 금지권을 획득하거든요. 바람직한 사회죠. 하하하. 농담이 아니라 홍미나 선배님은 진짜 예쁜 거예요. 나, 배고파요."

"뭐 먹을래?"

"막창구이요."

"가자."

우리는 홍대 부근 막창집으로 자리를 옮겼다.

해가 지면 지상이 노을처럼 출렁이는 거리다. 자유분방한, 남 따위 의식하지 않는 듯한, 실은 매우 의식한 것으로 의심되는 차림의 사람들이 거리를 메운다. 모두가 새로우니 더이상 새로울 게 없어 오히려 고전처럼 느껴진다. 반바지에 깔끔한 셔츠 하나 입은 청년이 더 눈에 띄는 까닭이다. 근처에 출판사가 여럿 있어 관계자들이 자주 찾는 곳이기도 하다. 가는 곳이 빤해 아는 사람 한둘은 쉽게 만날 수 있는 것이다. 영재와 둘이 있는 것을 누가 보면 또 화려한 소문이 돌겠지. 영재를 쓸데없는 입에 올릴 필요가 없다. 차라리 셋이 나왔다. 도하가 한시간쯤 뒤에 오겠다고 한다. 점원이 얼음물과 컵, 물수건을 내려놓는다. 그리고 식당으로 아내가 들어왔다. 당신, 왔군. 여보, 물. 여보, 물수건. 컵과 물수건을 아내 앞에 놓는다.

아내는 이 사소함을 즐기기 위해 나를 찾는다. 식당 아주머니가 밖에서 초벌구이한 막창을 테이블 석쇠에 내려놓는다. 연기가 아내의 얼굴을 타고 올라간다.

"선배님!"

"응?"

"다 익었어요."

"그래."

아내가 앉았던 자리를 본다. 없다. 우리는 잔을 부딪치고 찬 소주를 마셨다. 영재가 고추냉이를 푼 간장에 막창을 찍어 먹는다. 이제껏 내가 알고 있는 음식이 아닌 것처럼 무얼 먹어도 맛있게 먹는다. 나는 막창을 석쇠 가장자리로 옮기고 잘 익은 것만 영재 앞으로 놓았다. 그때, 도하가 식당으로 들어왔다.

"시간 걸린다며?"

"막창이래서 죽도록 달려왔지. 똘재야, 작작 먹자."

막창으로 입을 가득 채운 영재가 도하를 째려본다.

"매너는 좋네. 물하고 수건은 다 준비해놓고."

"몇번을 말해요, 내가 선배 좋아한다고."

"나도 너 사랑한다."

영재와 도하는 어느새 격 없이 티격태격 반말을 주고받으며 맛있게 소주를 마시고, 나는 그들의 잔이 빌 때마다 기꺼이 술을 채운다. 도하가 제 잔을 영재의 잔에 소리나게 부딪친다.

"좆도 아닌 문학 한다고 덤볐다가 체지방 영 퍼센트 되고. 똘재야, 우리 소설 쓰기 진짜 잘했다, 그치?"

"난 소설 쓰면서 대출광고키드 됐잖아. 내가 본 것만 해도 방송광고 189개, 온라인광고 1,812개, 찌라시 10,904개야."

"그렇게 많아?"

"몰라, 대충 찍었어. 겨울에는 햇빛에 의지하고 살아. 삼층인데도 빌어먹을 앞 건물 때문에 빛 보는 시간까지 짧아. 아, 나한테는 주지도 않는 대출이여!"

"너, 소문대로 있는 집 딸이었구나. 삼층에 살아? 난 술만 처먹으면 지하를 변소로 아는 주인님 때문에 환장할 것 같다. 창문 안 닫고 자면 이 인간이 내 몸에 거름을 뿌려. 무럭무럭 자라겠어."

"있는 집 딸? 우리 할아버지가 그랬거든. 재물을 모으는 것은 필요할 때 꺼내 쓰기 위함이니, 궁한 사람을 보면 반드시 곳간을 열어라. 아 씨, 당장 내가 궁해서 열었더니 대출광고 찌라시밖에 없어."

이들의 하소연은 애잔하면서도 듬직하다. 그럼에도 불구하고 소설을 놓지 않을 것이라는 믿음이 있기에. 맞은편 액세서리 가게 젊은 남자가 빨간 확성기를 들고 호객행위를 한다. 어서 오세요, 어서 오세요, 보고 그냥 가는 분들 112에 신고합니다. 내가 필요할 때 나를 불러봐, 언제든지 달려갈게. 남자의 노래는 배경으로 깔린 힙합 리듬과 절묘하게 어울린다. 거기 노블레스 언니! 여기서 오블리주 안 하고 가면 신고할 거야. 그러고는 왱— 긴 버저를 울린다. 노블레스 언니로 지목된 여성이 그의 좌판으로 가 오블리주를 실천한다. 때로 술에 널브러지고 고약한 싸움으로 경찰이 출동하기도 하지만, 저들은 그들만의 규칙으로 다양한 문화를 만들고 그것을 즐긴다. 그 모습에서 그들이었을 때의 나를 떠올리는 것이다.

"막창만 먹었더니 배고파 죽겠네. 형, 우리 해장국 먹자."

"영재는?"

"난요, 아까 아까부터 배고팠어요."

오인분의 막창과 삼인분의 순대볶음을 먹었는데 이들은 아직도 배가 고프다. 저때 나도 그랬나. 나는 이 독특한 친구들과 해장국집으로 가야 했다.

시원한 올갱이 해장국을 먹고 도하가 먼저 택시를 타고 갔다. 나는 영재를 데리고 다시 서교동으로 왔다. 내 차가 거기에 있었다. 대리기사를 부르기 위해 전화번호를 검색하다 곧 취소 버튼을 누른다. 영재와 잠깐 차에서 쉬고 싶었다. 바로 앞 골목을 지나면 영재의 집이지만 차마 욕심을 낼 수 없다. 영재가 나를 찬찬히 훑어보고 보조석에 앉는다. 차에 시동을 걸고 에어컨을 켠다. 그리고 썬루프를 열어준다.

"담배 피워도 돼."

영재가 담배를 꺼내 허벅지에 몇번 툭툭 치고, 나를 휙 본다.

"왜?"

"내가 이 바닥 밥이 벌써 오년이거든요. 저한테 왜 그러세요? 나 진짜 웬만한 소문은 그냥 흘리는 사람인데, 선배님 정말 후배 건드리는 사람이에요? 내 담배를 왜 사와요?"

후후후. 나는 담배를 물고 불을 붙였다. 그리고 영재가 문 담배에도 불을 붙여준다.

"왜 웃어요, 사람 말하는데. 나야 워낙 개 같으니까, 이 새끼 작업 들어갔구나 하고 마는데, 아시잖아요, 글 쓰는 애들 은근히 순진한 거. 가끔 선배님이 하도 유명하니까, 작가답지 않게 좆나게 예쁘게 생겼으니까, 아 뜨거워. 아 씨, 이 담배 왜 이렇게 짧아."

주유소에서 받은 물티슈로 영재의 손가락을 감쌌다.

왼손. 검지와 중지 안쪽으로 작고 붉은 반점이 돋았다.

"이거 봐, 이거! 막 벌렁벌렁해. 이렇게 해서 꼬신 애들 몇 명이에요? 왜 자꾸 웃어요!"

"너 예뻐서."

"예쁘죠. 얼마나 예쁘냐면요, 내가 눈가에 주름만 없애면 십대로 회춘한대서 성형외과에 갔잖아요. 나는 단지! 주름 하나 없애려고 갔는데, 거기 간호사 언니가 환자님은 이마랑 눈이랑 코랑 팔자주름이랑, 그러면서 자꾸 나보고 환자래. 내가 아주 중환자였더라고! 아…… 왜 자꾸 해장국이 술처럼 올라와. 내가 지금까지 어디 아파서 환자는 돼봤어도, 못생겨서 환자 돼보기는 처음이야. 이거 의료 보험 적용해야 해. 타인의 생명에 지장이 있어. 나 보는 순간 안구에 치명적인 피해가 간다고! 아, 우리 엄마 맨날 골골대더니만 못생긴 병에 걸린 거였어. 가족력이야. 왜 자꾸 웃어요? 어, 그래, 선배님 얼굴은 건강하다 그거죠? 만수무강하세요. 아, 손 따가워."

찬 기가 사라진 물티슈를 버리고 새 물티슈로 바꿔주었다.

"인제 바래다준다고 해야지. 아 씨……"

"가자, 바래다줄게."

영재는 나를 째렸다가, 길을 걷다가, 또다시 나를 째렸다.

"내가 왜 선배님 따라와도 가만히 있는 줄 알아요?"

"모르지."

"내 주소 회사에서 봤을 거 아니에요. 뻔히 알 텐데 집은 가르쳐줄 수 없어요, 그리고 막 뛰어가요? 청순 넘쳐 진짜."

후후. 우리는 오층짜리 작은 빌라 앞에 멈춰 섰다.

"들어가라."

내가 예쁘다는 말을 다 듣고…… 작가 된 게 얼마나 다행이야. 영재는 그렇게 구시렁거리며 빌라로 들어갔다. 움직임을 감지한 쎈서등이 영재 머리 위로 빛을 내린다. 일층, 이층, 삼층. 그래 너 삼층이었어. 등이 모두 꺼지고 나는 뒤돌아 골목을 빠져나왔다. 영재를 두고 가는 느낌이다. 녀석, 도대체 어떤 인간들을 만났기에. 아내를 두고 다른 여자를 만나지 않았다. 그러니까 소문 속 내 연인들도 억울하기는 마찬가지다. 상대가 목소리를 낼 창구조차 없는 신인이나 무명일 때는 나서서 해명해줄까 싶기도 했지만, 소문의 습성상 또다른 억측만 낳을 것이기에 그냥 침묵했다. 아내를 떠나 삶의 끝으로 치달아도 좋을 여자를 기다리기는 했다. 하지만 그들은 그런 상대가 아니었기에, 귀찮았다. 그녀들보다 영재가 왜 더 좋은지는 알 수 없다. 그녀들에게 내 마음이 그냥 가지 않은 것처럼 영재에게는 그냥 가는 것이다. 보고 싶고 만지고 싶고 해로울 게 뻔한 담배를 물고 있어도 불을 붙여주는, 절실하고 미련한…… 차에 함께 있는 모습을 누가 보아도 좋았다. 다시 과장된 염문이 퍼져도 이제는 기분 좋게 웃을 수 있을 테니. 그 쓸쓸하고 터무니없는 상상마저 좋았다.

어머니가 전화로 또다른 송장을 소개했다.

"애, 그때 먹은 거 얼마짜리냐? 싼 거 먹고 약값이나 할걸 그랬어. 인제는 누워 있어도 숨이 차. 숨 못 쉬고 죽은 송장은 목구멍이 쪼그라들어 있다더라."

도대체 어떤 모습의 죽음을 원하는 것인가. 나는 관 속에 누워 있는 여러 모습의 어머니를 너무 많이 보았다. 도무지 말이 나오지 않는다. 지친다.

"너 지금 일하는 중이냐?"

"네."

"끊자. 담부터는 그렇게 비싼 거 사지 마. 맛대가리도 없더라."

전화를 끊고 침대에 걸터앉았다. 밥은 먹었니? 이런 말은 안되는 걸까. 어쩌면 어머니를 단칼에 쳐낸 아내가 현명했는지 모른다. 아내는 나와 결혼하자마자 어머니에게 은행원처럼 돈을 내주었다. 딱 일년간이었다. 어머니는 아내에게 작게는 푼돈에서 크게는 지방의 어느 작은 빌라까지 인출했다. 심지어 정체를 알 수 없는 늙은 남자와의 여행경비까지도. 마치 초장에 빼낼 것 다 빼내려고 작정한 사람처럼 행동한 것이다. 인출 금지. 아내가 내 가족을 파악하는 기간이 끝났다.

"얘, 한 오백 있지? 간판 다른 걸로 올려야겠어. 바로 앞에서도 안 보여."

아내가 어떤 응답도 하지 않던 날, 어머니는 기어이 집으로 달려왔다. 여전히 내게 돈을 받아갔기에 아내에게까지 그러한 사실을 전혀 모르고 있던 차였다. 나는 아직도 어머니가 왜 그토록 기세등등했는지 모르겠다. 나와 사는 것을 아내가 왜 감사해야 하는지도. 있는 며느리가 없는 시어머니를 채워주지 않은 까닭에 입에 담지 못할 험한 말까지 들었다. 도대체 왜?

"나는 개천에서 용만 샀지 개천을 다 산 게 아닙니다."

아내는 고부관계를 판매자와 구매자로 간단하게 정리했다. 그러니까 아내는 나를 산 대금을 어머니에게 일년간 나누어 갚은 것이다. 그런데 판 어머니는 아무래도 값이 부족하다 하고, 산 아내는 그만하면 적정가격이라고 맞선 상황이었다.

"아드님 데려가세요."

환불이다. 어머니는 시어머니라는 절대권력을 쥐었다고 생각했는데, 아내는 그런 권력 따위 두려워하지 않았다. 심지어 그 자격을 거두겠다고 했다. 어머니가 얻은 권력을 보존하지 못하고 함부로 휘두른 죄다. 가만히 있었으면 평생 콩고물 묻은 떡을 받아먹었을 텐데 욕심내다 떡은커녕 고물조차 못 얻어먹게 생긴 것이다. 여태 먹은 떡에 웃돈까지 얹어 토해내야 할 판이었다.

"그깟 돈 몇푼에······"

"그깟 돈 모아보셨습니까?"

어머니는 아내가 보통이 아니라고 경고했다. 너, 정신 똑바로 차려. 여자는 골라도 어머니는 못 고른다고 했어. 발에 채는 게 여자라도 어머니는 하나라고! 아······ 어머니. 내가 고른 사람도 아닌데 평생 버리지도 못하는 사람이 어머니인 건 어쩌세요? 발에 채는 여자는 좋으면 만나고 싫으면 헤어지면 되는데, 발에 스치기도 싫은 여자가 어머니라고 딱 붙어 있는 건요? 내가 죽을 때까지, 아니, 죽어서까지 어머니일 당신, 숨이 막힙니다. 어머니는 그래도 성에 안 찼는지 흔하디흔한 토지 사기를 준비해오기도 했다. 사기 유형에 따라 그 사람 수준도 드러난다. 토지나 금융다단계 급의 사기를 준비해, 물어! 하기에는 아내가 더 높은 수준의 사기를 알고 있었다.

"사기는 돈이 아니라 사람을 보고 치는 겁니다."

"새파랗게 어린 년이······"

권위와 지혜는 먼저 태어난 순으로 쌓이는 것으로 아는 걸까. 자신의 수준에나 맞는 잔머리로 현실성이 전혀 없는 충고를 일삼는다. 세상 그렇게 잘 아시는 분이 왜 그러고 사십니까. 아는 사람이 더 무섭다고, 뭐가 있다 싶으면 당신이 쓰지 못해 애를 태운다. 그러나 그뒤로는 더이상 아내를 직접 찾지 않았다. 다행히 어머니도 아내가 어떤 사람인지 파악을 끝낸 것이다.

어릴 때 살던 동네 초입에 큰 개천이 있었다. 보통은 키 작은 아이도 발 담그고 놀 만큼 수위가 낮았지만, 홍수가 져 물이 둑까지 올라오면 키 큰 어른도 잠길 만큼 깊고 폭 넓은 개천이었다. 열두 살 때였다. 며칠째 비가 억수로 오던 날 아버지가 실종됐다. 그날 밤 어머니도 형도 나도 어수선한 잠을 잤는데, 아버지 때문이라기보다는 각자 고단한 오늘내일에 대한 한숨 때문이었을 것이다. 아버지는 늘 눈 감을 때는 없다가도 눈뜨면 구석에서 술 냄새를 풍기며 자고 있었기에, 함께 누워 있지 않았다 하여 새삼스러울 게 없었다. 내가 신경 쓰였던 건 차라리 형이다. 늦은 밤, 형은 흠뻑 젖은 몸으로 부뚜막에 앉아 양푼째 들고 밥을 먹고 있었다.

"형."

"뭘 봐, 씨발놈아!"

아내가 그랬다. 개천에서 용이 나면 그 용이 개천을 다 책임져야 하느냐고. 그들에게는 어마어마한 용으로 보이겠지만 다른 용이 보면 아직 이무기도 아닌 것이다. 그런데도 온갖 것들이 달려든다. 그러다 용이 추락하면 이제 올려다볼 용조차 사라진다. 자기들 스스로 없앤 희망이다. 아내는 개천에서 나오려는 사람의 손은 잡아줘도, 끌어당기려는 사람은 손목을 잘라야 한다고 했다. 그러면서 개천 것인 내 가족의 손목을 잘랐다. 나만 샀으니까.

"당신, 보통은 그런 생각을 하고 사나?"

글쟁이는 용을 그릴 순 있어도 용이 될 수는 없다. 생래적으로 안된다. 용의 굴과 개천을 동시에 드나들 순 있어도 개천을 떠나면 안되는 것이다. 그러나 아내는 개천으로 돌아가는 것을 두려워했다. 개천을 떠돌다 가까스로 빠져나와 그 흔적을 지우려 했던 용. 때문에 자란 환경은 그랬어도 자신은 그들과 달랐다는 물거품 같은 자기 신화를 만들려는 시도도 종종 있었다. 그러나 신화는 거기서 그들이 만드는 것이지, 여기서 제 입으로 만드는 게 아니다. 신화가 실패할 수밖에 없는 이유다. 어머니가 그러셨지. 무시받고 산 것들이 더 무시한다고.

"잡것이 어디서 어울리지 않게 상전놀음이야? 저거, 지 당한 거 꼭 저보다 못한 사람한테 되갚으면서 살 거다. 안 그러면 내 손에 장을 지져!"

나는 그 말을 어머니에게 그대로 돌려주고 싶었다. 보기에 두 여인이 똑같았으니. 잘 아시네요. 그래도 집사람은 홀로 저기까지 가지 않았습니까. 아내는 개천 것의 독한 생명력 또한 무시했다. 어머니는 빌라를 처분하고 어느 작은 방으로 거처를 옮겼다. 그리고 가끔 내게 전화를 했다.

"여기에 얼마나 벌레가 많은지, 나 죽으면 송장에서 나온 구더기보다 송장 뜯어 먹은 구더기가 더 많겠어."

어머니는 너무 질긴 손목을 가지고 있었다.

삶의 모습

"저녁 같이 할래?"

"초밥이요."

"그래."

영재를 데리고 분당으로 갔다. 근교라도 서울을 벗어나고 싶었고, 마침 그쪽에 괜찮은 회전초밥집을 알고 있었다. 주인이 직접 음식을 만들며 운영하는 아담한 식당이다. 안으로 들어서니 초밥집 특유의 감칠맛 나는 비린내가 훅 끼친다. 괜찮지? 네. 영재가 회전판 아래 온수꼭지에서 물을 받는다. 선배님, 녹차? 그래. 영재가 녹차를 준비하고 내가 간장을 준비한다. 고추냉이 넣니? 네. 간장 옆에 냅킨도 한장 놓아준다. 영재가 냅킨을 들고 나를 본다.

"이거 버릇이에요?"

"뭐가?"

"냅킨이나 물 놓는 거."

피식 웃으며 영재의 시선을 피했다. 그러나 영재가 나를 보고 있다는 것을 안다. 나는 초밥을 올리고 오졸졸 돌아가는 회전판을 살폈다. 영재가 성게알 초밥을 잡는 것을 시작으로 대화는 초밥 메뉴와 함께 돌아갔다. 롤은 안 먹나봐? 치즈 올라간 것밖에 없어서요. 영재는 치즈를 싫어했다. 싫다는데 어느 지역 고급 치즈라고 자꾸 권하는 사람이 있으면, 눈덩이처럼 뭉쳐 이마를 스트라이크존 삼아 던져버리고 싶다고. 영재가 등심을 올린 초밥을 내 앞에 놓는다. 나는 하나를 먹고 남은 하나를 더 들었다. 하나는 나 주지. 그래. 영재의 빈 접시에 초밥을 내려놓았다. 영재가 우럭 초밥을 내려 자신이 하나를 먹고 남은 하나를 내 입 앞으로 내민다. 내가 먹을게, 말하고 결국 입을 벌린다. 입도 예쁘면서. 풉. 씹던 초밥이 툭 터져나올 뻔했다. 남자한테 예쁘다고 하는 거 아니잖아. 예쁘게 생겼어요, 뽀얀하니. 하하하하. 기어이 웃음이 터졌다. 오른쪽 아저씨가 우리 째려봐요. 영재의 말에 오른쪽을 슬쩍 본다. 뼁이에요. 달걀찜 좀 주세요. 도대체 이 녀석은…… 나는 달걀찜을 영재 앞에 내려놓았다.

"나랑 뽀뽀하실래요?"

"뭐?"

"그 정도는 해야 보죠."

영재는 열 접시가량의 초밥을 먹고, 입가심으로 미소라멘을 먹은 뒤에야 배가 부르다고 했다. 이렇게 먹으면 속이 부대끼지 않을

까. 좀 걷자고 했다. 그러나 영재는 성게알을 하나 더 먹어야 했다
고 아쉬워했다. 도시락을 하나 포장할걸 그랬다.

초밥집 앞 도로를 건너 한적한 공원을 걷는다. 도심 속에 계획된
공원답게 길이 판판하고 정해진 구역을 벗어나 가외로 웃자란 풀
이 없다. 지나치게 단정해 모든 것이 조화처럼 느껴진다. 이제 대화
는 길과 맥을 잇는다. 제가 산에 올라가는 거랑 걷는 거 되게 싫어
하거든요. 영재가 말한다. 그랬군. 그런데 자기가 아는 멋있음직한
사람은 산을 타고, 깊음직한 사람은 길을 걷더란다. 그렇다고 그들
을 함부로 흉내 냈다가는 가랑이만 찢어질 것 같아 존경만 하기로
했다고.

"이런 공원은?"

"뭔가 노리는 사람이 들어오죠. 어디가 어둡지? 음침하게도."

"살짝 보이는 데도 괜찮지."

"보이는 데서 어떻게 죽여요. 뭘 상상하신 거예요?"

나는 서둘러 말을 돌렸다.

"나하고 산에 갈래?"

"나하고 하실래요?"

촌스럽게 우뚝 멈춰 설 뻔했다.

"그만큼 불가능하다는 거예요, 산에 가는 거. 산은 바라보는 거
예요."

"오르는 것도 싫고 걷는 것도 싫으면 뭘 좋아해?"

"거기 가만히 앉아 있는 거. 말 안 걸면 365일도 앉아 있을 수 있

어요."

영재의 손을 잡았다. 영재도 내 손을 꼭 그러쥐고, 한번 더 산에
가자고 하면 나를 죽일 수도 있다고 한다. 하하하. 왜 그렇게 산을
싫어하느냐고 물으니 산이 싫은 건 아니라고 딱 잘라 말한다. 단지
올라가는 게 싫은 것뿐이라고. 고등학교 때 걸스카우트였는데 그
때 받은 산악훈련이 고역이었던 모양이다.

"선착순이라니까, 애들이 수색대처럼 올라가."

"어느 산이었는데?"

"지리산이요. 가다보면 대피소가 있는데, 아무도 대피를 안 시
켜."

지리산을 수색대처럼 오르는 걸스카우트라니. 군대처럼 대장이
까라면 까는 시스템이었는지, 그동안 산 한번 제대로 올라본 적 없
던 영재도, 거기에 뭐가 있기에 이 난리냐 싶어 이를 갈고 올라갔
다고 한다.

"뭘 봤어?"

"구둣주걱 대가리 같은 바위. 그걸 보려고 몇시간을 올라가냐고
요. 어쩐지 출발할 때 김밥을 한 줄씩 나눠주더라고요. 중간에 그거
하나 먹고 올라갔어. 와, 가니까 무슨 사람이 그렇게 많아. 애들 올
라올 때마다 마라톤주자 골인할 때처럼 박수쳐줬어요. 나는 박수
가 아니라 그분들이 펼쳐놓고 먹는 밥이 필요했어요."

후후후. 천왕봉까지 올라갔군. 산은 그렇게 경쟁에 쫓겨 오르는
게 아니다.

"나하고 다시 한번 가보자."

"그러니까 나랑 하자고요."

"이리 와. 저기 가서 하자."

나는 잡은 손에 힘을 주고 빈 벤치로 가는 시늉을 했다. 왜 그러세요…… 그럴 거면서 말은. 영재와 잡은 손을 바지 주머니에 넣고 다시 걷는다. 큰길과 연결된 출구로 나왔지만 걷기 싫어하는 영재를 데리고 조금 더 걸어야 했다. 차를 세워둔 곳에서 먼 곳까지 온 탓이다. 이제 우리는 건물이 우거진 도시를 걷는다. 비가 내려 땅을 적셔도 더는 자라지 않는 숲이다. 어느 새들처럼 건물 속에 둥지 튼 어떤 사람들을 떠올린다. 부디 모두 평안하기를. 영재에게 묻는다. 혹시 여자들도 근사한 남자를 보면 그런 상상을 하나? 다른 여자들은 모르겠고, 난 해요. 책상에 요염하게 앉아서 부르는 거야. 정선배, 이리 와봐! 너, 야동 보니? 뭐요? 상대가 자신을 전혀 성적 대상으로 보지 않는다는 확신이 있을 때나 가능한 말이다. 맹랑하기도 하고 나를 남자가 아닌 선배로만 보는 것 같아 서운하기도 하다. 나는 영재의 손을 놓고 어깨를 살짝 잡았다.

"선배님."

"응?"

"영재씨, 해보세요."

"영재씨."

"진짜 이상하구나……"

"하하하하."

가벼운 마음으로 방으로 들어갔다. 아내가 침대를 정리하고 있
다. 아, 당신. 아내가 등 높이에 맞게 보조 베개를 세우고 에어컨을
취침 기능에 맞춘다. 그런 뒤 스탠드 아래 놓인 책을 든다. 아내가
베개에 기대고 앉아 책을 읽기 시작한다. 오늘은 작업실이 아닌 이
곳에서 잠들겠다는 표시다. 그러면 내가 서재로 갔었다. 나는 침대
로 올라가 아내의 허리를 내 허벅지 사이에 두고 무릎으로 섰다.
아내가 나를 본다. 책을 빼앗아 던지고 바지 버클을 풀었다. 아내의
작품 어딘가에 묘사된 모습 그대로.

"빨아."

아내 역시 작품 속 그녀처럼 내 허벅지를 잡고 녀석을 문다. 그
러나 우리는 작품 속 부부처럼 화기애애하지 않다. 영재를 떠올린
다. 네 가랑이에 내 얼굴을 묻고 원하는 만큼 해줄 수 있어. 책상이
아니라 어느 더러운 변기라도 상관없지. 너니까. 녀석이 반응한다.
나는 영재에게 녀석을 더 깊게 넣는다. 숨 막혀. 영재인지 아내인지
혹은 나인지 모를 어떤 목소리가 말한다. 팽팽하게 혈관을 부풀린
녀석이 움직임을 멈췄다. 고개 숙여 아내의 우울한 눈동자와 마주
한다. 당신, 나한테 이런 걸 원했나? 쿨렁쿨렁, 녀석이 몸을 줄였다.
머리가 깨질 듯이 아프다. 나는 아내를 버리고 곧장 욕실로 들어갔
다. 몸으로 뜨거운 물이 쏟아져도 춥다. 추운 것 같다. 아내는 내가
필요했고, 나는 아내가 필요했다. 어쩌면 그리도 고아하신지. 필요
이상으로 아내를 비하하는 인간들을 보며 내가 결혼해주지, 하는

호기도 분명 있었다. 그렇다 하더라도 결혼으로 숨 쉴 공간만 생각했을 뿐 거기에 여자는 없었다. 실은 결혼으로 공간은 숨 막히고 거기에 여자가 있었다. 도하의 말처럼 끝까지 갔어야 했을까.

"형 부부 정상 아냐. 내일 갈라질 부부도 그런 그림 안 나와. 자존심 때문에 못 헤어지는 거야? 좆 까라고 해. 내가 섹스 전문작가로서 하는 말인데, 부부든 연인이든 둘을 감고 있는 쫀쫀한 뭔가가 있어. 플라토닉, 섹스리스, 마찬가지야. 그것도 아니면 부부간의 의리나 정이라도. 형네는 그냥 무야. 이거 서로 너무 비참하잖아."

욕실을 나왔다. 아내가 베개에 등을 기대고 앉아 책을 읽고 있다.

서둘러 옷을 입고 방을 나왔다. 아내는 내게 어딜 가느냐고 묻지 않는다.

차를 몰아 서교동으로 달렸다. 자정을 넘긴 까페 골목은 한산했다. 빌라 앞에 차를 세우고 영재의 집으로 올라간다. 일층, 이층, 삼층. 머리 위 쎈서등이 꺼졌다. 벨을 누른다. 누구세요? 늦었지? 영재가 문을 열고 나를 물끄러미 바라본다.

"들어오세요."

현관에 들어왔는데 신발을 쉽게 벗을 수가 없다.

영재도 신발장에 기대어 있을 뿐이다.

"너 좀 안아도 될까?"

"선배님 지금 별로 섹시하지 않은데……"

툭 웃음이 났다. 섹시라니. 내게 그런 게 있었나? 영재를 본다. 머리띠로 앞머리를 모두 뒤로 넘겼다. 염색한 갈색 머리가 새로 난 검은 머리에 일 쎈티미터 정도 밀렸다. 화장 지운 얼굴이 더 앳되다. 어쩌면 나는 모습을 드러내지 않는 병풍 뒤 남자로 머물러야 했는지 모른다. 곤란한 일이 생겼을 때만 잠시 나왔다가 다시 들어가는. 그래야 했을지도. 나는 머리띠에 물린 머리칼 몇 가닥을 빼주고 한 걸음 물러났다.

"미안하다. 후후후."

그냥 웃었다. 영재가 내 겨드랑이 밑으로 손을 넣어 나를 꼭 안는다. 왜? 예뻐서요. 나도 영재를 안는다. 처음 봤을 때부터 그냥 이렇게 안고 싶었다. 영재가 내가 아닌 남자와 함께 있어도 괜찮았다. 거기서 음식을 먹어도 좋았고 누군가와 떠들어도 좋았다. 등 뒤에라도 내가 느낄 수 있는 거기에 있으면 되는 거였다.

"앞으로 내가 예쁠 때마다 안겨."

"아."

"뭘?"

"혀."

영재의 볼을 가볍게 감싸고 혀를 넣어준다. 영재가 나의 혀를 맛있게 받는다. 침이 달고 혀에 닿는 치아가 매끄럽다. 길게 입을 맞춘 뒤 다시 영재를 안고 집 안을 둘러본다. 자잘한 소품 따위가 없는 깔끔한 원룸이다. 여자 혼자 사는 집에는 응당 있을 것 같은 커다란 인형이나 자잘한 화분 따위가 없다. 곧 무너질 듯 아슬아슬 쌓인 책뿐이다. 그럼에도 이곳이 아늑해 보이는 건 개나리 빛깔 패브

릭 커튼 때문이다. 작은 점 하나 없는 민무늬 노란 천에서 어렸을 때 곁에 두고 걸었던 개나리가 보인다. 이인용 소파 등받이와 작은 식탁도 같은 천으로 덮여 있다. 그리고 저기, 창문 앞에 영재의 책상이 있다. 이리 와. 나는 영재를 데리고 들어가 책상에 앉혔다.

"해줄게, 내가."

"………"

영재의 가랑이 앞에 무릎을 꿇는다. 영재가 놀랐나보다. 움찔한 허벅지 근육이 단단하다. 나는 영재의 팬티를 내리고 바짝 다가갔다. 부드러운 영재가 거친 내 입을 맞는다. 엄마야! 영재가 내 머리칼을 잡고 웃는다. 나는 영재의 것으로 내 입을 채운다. 어느날, 아내가 내게 그랬던 것처럼…… 나는 그만해,라고 했었다. 나도 모르게 영재에게서 떨어졌다. 등에 서늘한 기운이 흐른다. 뒤에 아내가 서 있는 것 같다. 무릎이 떨려 주저앉을 것만 같다. 영재의 허벅지에 얼굴을 기댔다.

"자고 싶다."

영재가 하얀 파티션 뒤 자신의 침대를 가리킨다.

"주무세요."

"같이 잘래?"

"침대가 하나라서요."

꼭 안고 무척 단 잠을 잤지 싶다.

파주출판도시. 영재와 늦게까지 자고 이곳으로 바로 왔다. 몇시예요? 열한시. 파주에서 회의가 있어. 더 자. 내 칫솔 쓰세요. 그래. 영재의 화장품을 바르고. 남자도 이런 걸 쓰나? 뭐 어때요. 영재가 드라이기로 내 머리를 말려주고. 멋있군. 예쁜 거예요. 영재가 내 셔츠의 칼라를 바로 세워주며 잘 다녀오세요, 했던 출근. 나는 그게 좋았다. 담배를 물고 창밖을 내다본다. 나는 이곳을 출판물 가락시장이라고 부른다. 글쟁이들이 농사짓듯 써낸 많은 원고들이 이곳에서 책으로 다듬어져 전국으로 유통된다. 이제 책의 운명은 독자의 몫이다. 날로 먹든 가공해 먹든, 삶으로 죽을 써서 개를 주든, 파뿌리를 구워 임금님 상에 올리든, 작가는 그것에 토를 달 수 없다. 교통편이 좋지 않아 이곳을 좋아하지 않는 사원도 있다. 그러나 나는 이곳이 좋았다. 이곳은 집과 멀었다. 편집고문으로 물러나기까지 참 긴 시간 편집 일을 했다. 그동안 나는 사전약속이 있지 않는 한 퇴근시간 뒤에는 '갑'의 사적 접근을 철저히 피했다. 전화도 받지 않았다. 메시지가 오면 사안에 따라 바로 답을 주기도 했지만, 보통은 다음날 출근한 뒤에 했다. 퇴근 뒤까지 그들의 '을'일 이유가 없었다. 밥 먹듯이 하는 야근이나 외근의 피로 때문만은 아니다. 갑의 시간 메우기 용도로 나를 사용하고 싶지 않았다. 제아무리 접대도 일이라지만 야행성 갑이 많은 곳에서 일하기란 쉽지 않다. 이 선생님은 왜 꼭 이 시간에 만나자고 해! 그러면서 퇴근도 아닌 퇴근을 하는 사원을 보면 마음이 좋지 않았다. 다음날 퀭한 눈을 한 얼굴과 마주할 게 빤하기에. 그렇다고 별일 없으면 집으로 일찍 들어간 것도 아니다. 집에 가져가 해도 될 일까지 회사에 남아서 했고, 텅 빈 회의실에서 내 글을 쓰기도 했다. 집에는 늘 '갑'이길 원하는 아내가 있었다. 아내의 첫 자살시도를 막은 건 그런 죽음이 곁에서 벌어지는 게 싫었기 때문이다. 나는 까다로운 작가에게도 직업적 친절을 보여야 하는 편집자의 자세, 그것으로 아내를 살렸다. 그것이 사랑이 아님을 안, 영원히 불가능할 것을 안 아내가 끝내 목숨을 버렸다. 많은 사람이 요절한 아내를 애도하고 아내를 잃은 나를 위로한다. 나도 아내를 애도한다. 그러나 사랑은 아니다. 목숨으로 흥정하는 사랑은 죽어서도 그것을 얻지 못한다. 사랑은 흥정이 아닌 삶의 모습으로 얻는 것이다.

"당신, 나 아니면 안 됐어요."

자신만이 행복하게 해줄 수 있다는 오만. 그것을 사랑이라 해석하는 오류. 아내가 오류를 정정하고 외로움으로 떠난 것인지, 복수였는지, 내가 모른 다른 이유가 있었는지, 명확한 이유는 알 수 없다. 무엇이라 할지라도 쓸쓸한 죽음임에는 틀림없다. 분명 그렇게 떠나야 할 사람은 아니었다.

회의실을 막 나서려는 순간 어머니에게서 전화가 왔다. 다시 문을 닫고 전화를 받았다. 다급한 기색이다. 여느 때처럼 아프다고 죽을 것 같다고 하는데 목소리가 더욱 절박하다.

"다치셨어요?"

"그냥 좀…… 더운데 여기까지 올 건 없고, 그냥 통장으로 넣어라."

"얼마나요?"

"저기, 한 오백은 힘드냐?"

역시 말투가 부자연스럽다. 옆에서 누가 지켜보고 있는 것이 분명하다. 만나고 있는 놈팡일 테지. 늘 그렇고 그랬던 남자들. 이번에는 좀 심각하다. 지난 식사 때도 모르는 척 넘어갔지만 목덜미쪽 피명은 분명 맞아서 난 상처였다. 돈, 그 정도야 계좌이체로 바로 보낼 수도 있다. 그러나 더이상 이 남자는 안된다.

"일이 좀 있어서 밤늦게나 될 것 같아요."

"넣어주기만 한다면야 꼭두새벽이라도 상관없지."

"기다리세요. 전화 드릴 테니까."

"그래, 고맙다."

후미진 인적 없는 곳에 상가가 있다는 게 거짓말 같은 곳이다. 건물은 어려서 살던 개천가 낡은 집보다 더욱 낡았다. 일층 휴대전화 판매점 안쪽 어두운 곳에 남자 배우가 실물 크기의 사진으로 웃고 있다. 이층 노래방 창문은 모두 시커먼 시트를 붙여 안이 전혀 보이지 않는다. 노래 소리도 들리지 않는다. 이 건물 지하, 폐업한 지 오래된 식당에 어머니가 살고 있다. 나는 계단을 내려갔다. 점포로 난 계단이라기에는 폭이 지나치게 좁다. 처음부터 점포가 아니었을 것이다. 어릴 적 내가 살던 집 주인이 처마 아래든 마루든 비막고 다리만 뻗을 수 있으면 세입자를 받았던 것처럼, 상가 주인도 창고를 들어내고 세를 놓은 것 같다. 곰팡내와 지린내가 심한 것을 보니 꽤 오랫동안 세입자가 없었지 싶다. 쇠파이프를 지지대 삼아 열려 있는 문 안쪽에서 소란스러운 소리가 들린다. 놈이 있는 게 분명하다.

"개새끼가 한번을 재깍재깍 안 부쳐. 낮에 받아놓으라고 했어 안 했어!"

"준다잖어, 기다리면 준다잖어!"

욕설과 함께 구타 소리가 이어졌다. 나는 벽에 바짝 붙었다. 형이다! 형이 때리고 어머니가 맞는다. 달리 피할 방법이 없어 무기력하게 맞아야 했던 어린 나처럼 늙은 어머니가 맞고 있다. 개새끼. 내가 아직 어렸을 때는, 형도 아버지한테 이렇게 맞아서 화가 난 거라고, 형이 날 때리는 건 아버지 잘못이라고, 그런 생각으로 버텼다. 그것 말고는 도무지 맞는 이유를 알 수 없었다. 그 영문 모를 구타가 어머니에게 이어져 있었다니. 어머니가 어느 남자에게 바쳤다고 생각한, 혹은 노름빚이라 여긴, 혹은 개업을 위한, 혹은, 혹은…… 그 수많은 날 속에 형이 있었다. 깡패도 제 어미는 손 안 댄다고 했다. 나는 문을 고정시킨 쇠파이프를 들었다.

부서지고 낡은 것들로만 가득 찬 좁은 식당이다. 작은 테이블을 다닥다닥 붙여도 대여섯 자리 마련할까 싶다. 수도꼭지 아래 배수 호스를 양동이에 담은 개수대 하나가 을씨년스럽게 놓였다. 그 개수대 옆 작은 방에서 어머니가 맞고 있는 것이다. 형이 어머니의 앞섶을 잡아당겨 벽으로 밀친다. 퉁. 인간의 머리가 벽에 부딪혀야

66

만 나는 둔탁하고 섬뜩한 소리, 퉁. 나는 문지방 앞에 섰다.

"뭐 하는 거야?"

"씨발, 깜짝 놀랐네."

오랜만에 만났는데 형은 나보다 내가 든 파이프를 먼저 본다.

"너 웬일이냐? 야, 니가 내 동생이라고 하면 사람들이 믿지를 않아. 뭐 해? 왔으면 앉아⋯⋯"

목소리는 태연한데 눈동자가 분주하게 주위를 살핀다.

봐야 옷장 삼아 쓰는 바구니와 언제 풀지 모를 종이상자들뿐이다.

"뭐 하는 거냐고."

"아니, 노인네가 사방에 빚 깔아놓고 여기 기어들어와 있길래⋯⋯"

형이 상자 끝에 놓인 길쭉한 항아리로 다가간다.

"쌀은 좀 남았나."

하고, 항아리 뚜껑을 연다. 그리고 그것을 들고 내게 곧장 달려들었다. 그럴 줄 알았고 피하지 않았다. 항아리 뚜껑에 왼쪽 어깨를 맞아 팔이 떨어져나갈 것 같았지만, 그 옛날 팔이 부러져 부목을 대고, 부러진 갈비뼈에 내장을 찔렸던 것에 비하면 아무것도 아니었다. 알 텐데. 내가 저한테 맞아서 죽을 사람이 아니라는 거. 그럴 거였으면 그 옛날에 죽었겠지. 알 거면서 그래도 달려든다. 죽일 수 없는 상대를 죽이기 위해 힘을 쏟는 것이다.

"개새끼, 너 오늘 진짜 죽었어⋯⋯"

형이 항아리 뚜껑을 모로 세워 내 머리를 갈라낼 듯이 들어올렸다. 니가 그러니까 개천 것이라는 소리를 듣는 거야, 알아? 나는 파이프를 든 손에 힘을 주어 그대로 형의 머리를 내려쳤다. 두개골의 울림이 쇠파이프를 타고 내 손에 고스란히 전해진다. 곧 형의 손에서 항아리 뚜껑이 툭 떨어졌고 이어 형이 고꾸라졌다. 정신을 잡으려 애쓰는 형에게 옆에 있는 모시담요를 덮어씌웠다. 너는 몇대 패고 뺏으면 되는데, 다른 사람들은 병신같이 일하니까, 진짜 병신 같지? 사람들이 너 같은 쓰레기 좋으라고 일하는 게 아니거든. 너 같은 놈이 팁 쥐가면서 양주 처먹으라고 일하는 게 아니라고. 껌 짝짝 씹으면서 모텔이나 전전하는 니 여자 명품 속옷 사주라고 일하는 게 아니라고. 모시담요가 피를 뱉어내고, 날아간 핏방울이 거칠게 벽을 할퀸다. 형이 컥컥 숨을 토하며 일어서려 했지만, 내게 정수리를 맞고 다시 엎어졌다. 일어나려고 하지 마. 알잖아, 너. 일어나려고 하면 더 때리는 거. 니가 자꾸 일어나려고 하니까, 내가 널 죽여야 하잖아. 살려면, 나처럼 죽은 듯이 맞아. 기억나지? 너한테 맞아 부러진 갈비뼈가 간신히 붙어서 학교에 갔는데, 며칠 안돼 또 고막 터지고 코뼈 부러져 결석하니까 담임이 집에 왔었잖아. 놀다가 다쳤어요, 어머니는 그러셨고. 어머니, 학교에 가니까 담임이 물어요. 도대체 맨날 너를 때리는 사람이 누구냐고. 저도 놀다 넘어졌다고 했습니다. 담임이 그래요. 다음에 또 넘어지면 자기네 집으로 오라고. 근데 한번을 못 갔습니다. 맨날 가야 하니까. 어머니가 내 다리를 붙들고 온몸을 부르르 떨었다. 놓으세요, 어머니. 이 새끼, 사람 아닙니다. 살려놔봐야 사람 안된다고요. 지 죽을 날 받아야 죽을 거 겁나 겨우 빌 놈이에요. 어머니도 이제 그만 줄 때가 됐습니다. 지가 노력해서 얻은 게 아니라 그 가치를 절대 모릅니다. 남은 운이 좋아 얻은 것으로 알죠. 지가 어쩌다 운 좋을 때는 좀 얻으니까. 이제 내가, 죽입니다.

"수현아, 너까지 이러면 안돼!"

어머니가 피칠한 쇠파이프를 잡았다. 나는 형의 몸에서 나온 핏물을 자분자분 밟았다. 왜요? 맞는 놈은 죽을 때까지 맞고, 때리는 놈은 죽을 때까지 때리는 건가요? 그러다 내가 죽으면 그래도 착하게 살다 죽었다고 칭찬 하나 남겨주려고 하십니까? 혹시 당신의 칭찬이 하늘의 성은이라도 되는 줄 아십니까? 그 알량한 칭찬, 나는 거부합니다.

"거기, 개천…… 개새끼야……"

입은 참 오래 살아 있구나. 형의 머리를 밟아버렸다.

그날, 며칠째 쏟아지는 폭우로 개천에 흙탕물이 범람했다. 때문에 아버지는 술을 마시며 공사장을 순찰하는 것으로 날을 보내야 했다. 그중 한 날 저녁, 형은 아버지에게 맞고 나는 형에게 맞았다. 늦은 밤 나는 집을 나왔다. 아버지가 아직 집에 오지 않았다. 작살같은 비가 퍼붓는 밤이었다. 나는 상류로, 상류로, 올라갔다. 상류 저 위에 비로 중단된 공사 현장이 있었다. 가로등도 많지 않은 길, 멀리 검은 물체가 움직였다.

"아버지?"

비에 술에 널브러진 사람. 폭우도 술 냄새를 씻어내지 못했다. 개천물이 둑을 차고 올라와 한 걸음만 잘못 디뎌도 휩쓸릴 위험한 길, 거기에 아버지가 앉아 있었다. 수형이냐? 나는 비틀거리는 아버지를 부축했다. 가자, 집에 가자. 이쪽이에요. 저쪽이지. 아니에요, 이쪽이에요. 이놈은 만날…… 그래, 가자. 아버지가 개천으로 걸어갔다. 그리고 나는 아버지가 말한 '저쪽'으로 달렸다. 아버지만 없으면 된다고 생각했다. 아버지가 나를 형으로 알고 있어 다행이라고 생각했다. 설마 죽지는 않을 거라고 생각했다. 이주일 뒤, 집과 멀지 않은 성산동 부근 개천에서 익사한 남자가 발견됐다.

"니들은 갈 것 없다."

나는 어머니의 만류로 가지 않았지만 형은 어떠했는지 모른다.

"허구한 날 그러고 다니더니, 저 지랄 날 줄 알았다."

아버지가 '이쪽'으로 들어간 때를 생각하면 한강 본류까지 도달하고도 남을 시간이지만, 배 떠내려 보낸 것이 아닌 이상 발견된 위치로 가타부타할 순 없다. 어머니가 남자를 보았고, "애들 아부지예요"라고 했으니 아버지였다. 아버지는 머리통이 가장자리 풀숲에 콱 박히고, 목뼈가 부러진 몸통은 물살 방향으로 잡풀과 함께 둥둥 떠 있는 채로 발견됐다. 물에 불고 얼굴도 많이 훼손됐지만 어머니는 대번에 알아보았다.

"징글징글한 인간, 죽을 때까지 징글맞은 얼굴로 가네."

당시에는 홍수 때마다 더러 시체가 떠내려와서 그랬는지, 평소 아버지 행실에 대한 동네 사람들의 증언 때문인지, 가족 중 누가 경찰서로 불려가는 일은 없었다. 머리통이 먼저 풀숲에 박히고 센물살에 떠내려오던 어떤 것에 강하게 부딪혀 목뼈가 부러진 것으로 보인다,고 한 경찰의 소견만 들었을 뿐이다. 그리고 해를 넘기기 전에 우리 가족은 그곳을 떠났다. 아버지 것이 확실한, 아버지 것으로 추정되는 모든 것을 불태우고.

"느이 형, 인제 갔나보다."

어머니가 담요를 젖히고 형의 머리를 안았다. 두개골은 으깨져 함몰됐고, 바스러진 하관이 심하게 틀어졌다. 나는 그제야 쇠파이프를 내려놓는다.

"………"

"너 얼른 가라. 엄마가 알아서 해."

어머니는 형을 내려놓고 서둘러 밖을 살피고 돌아왔다.

"아무도 없다. 얼른 가."

담요 밖으로 형의 발이 나와 있다. 핏물에 버둥거려 발가락 사이사이에 피가 맺혔다. 저 징글징글 맞은 발. 차이고 밟히고, 차이고 밟히고, 때로는 짓이겨지기도 한. 나는 형의 발을 밟아 꾹 짓이겼다. 우두둑. 형의 발가락에서 뼈가 틀어지는 소리가 났다. 형을 다른 담요로 돌돌 말아 짊어졌다.

"놔둬! 술 처먹고 지랄하다 그런 거야. 넌 오늘 여기 안 왔어."

저벅저벅 걸음마다 내 발이 형의 피를 흘렸다.

트렁크에 형이 있다. 굳이 먼 곳까지 갈 생각 없다. 드러나려면 어디서든 드러나게 마련이니. 나는 인근 경기도 C시로 가는 고속화도로를 달렸다. 그곳에 방치된 인공 낚시터가 있다. C시에 취재차 들렀다가 우연히 본 낚시터다. 한때 성업한 낚시터였음을 알려주는 주변 식당들은 낚시터가 폐쇄되는 동시에 거의 문을 닫았다. 바다나 강에서 물길을 내지 않은 인공 저수지는 방치된 만큼 역한 냄새를 풍겼다. 형이 들어갈 물은 그랬다. 작은 물은 인간이 삼키고, 큰 물은 인간을 삼킨다. 물은 내게 그러하다.

혀 밑에 고인

"너희 둘이 글 하나 같이 쓰자."

내 말에 도하와 영재가 시큰둥한 표정을 짓는다. 표면적으로는 1, 2부 연작소설이라고 했지만, 나는 저 두 사람의 호흡이 궁금했다. 저들은 마치 베틀에 올린 씨실과 날실처럼 어떠한 상황에서도 색다른 분위기를 짜냈다. 그것이 문학의 호흡이든 생의 호흡이든 그 추상적인 호흡을 단단한 형태로 확인하고 싶었다. 사랑이라면 질투일 테고 소설이라면 문학적 호기심일 테지. 무엇이든 내 직관이 말하는 그것에 정면으로 맞서보고 싶었다. 나보다 더 영원할 것 같은 그들만의 무엇에.

"뭘 같이 써? 난 그런 거 재미없어."

"육상 중에 계주가 제일 신나지 않아? 팀은 한호흡으로 가야 하지만 각 구간은 주자가 책임지는 거야. 넘어질 수도 있고 추월할 수도 있어. 그래도 결과는 공동책임이지. 이게 사전에 예측이 가능하냐고. 그래서 계주가 재미있는 거야. 한번 놀아보자."

"그렇게 노신 분들 벌써 계시잖아요."

영재가 말한다.

"육상경기가 한번만 열리는 게 아냐. 대신 우리는 작전을 달리해보자고. 1부 작가가 장르 인물 다 감추고 달리고, 그걸 2부 작가가 요령껏 받아서 달리는 거야. 앞에서 살려놓은 거 뒤에서 죽일 수도 있고, 죽여놓은 거 살릴 수도 있겠지. 자메이카 팀처럼 처음부터 끝까지 쭉쭉 달리든가. 누가 능력자인지 좀 보자. 자신 없어?"

"같은 팀이면서 왜 다 감추고 가야 하는데요?"

"낯선 곳에 뚝 떨어진 사람이, 생각지도 못한 세계를 포착할 수도 있거든."

그렇게 완성된 작품이 서로 마음에 들지 않아 출간을 포기할 수도 있다. 그러나 두 사람은 반드시 제대로 된 완주를 할 것이다. 일명 섹스 전문작가와 살인 전문작가가 만났다. 둘은 다른 모습을 보여주지만 결국 같은 질문을 하고 있다. 도하는 삶을, 영재는 죽음을 말한다. 어떻게 살 것인가. 어떻게 죽을 것인가. 어떻게 살다 어떻게 죽을 주체, 곧 인간에 대한 질문이다. 삶과 죽음이 한몸에서 일어나듯 둘은 분명 하나가 되어 불꽃을 일으킬 것이다.

"이런 거 진짜 싫은데. 도하선배, 할 거면 내가 뒤에서 받을게."

"내가 받아. 니가 받으면 뒤에서 다 죽일 거잖아."

그렇지. 드디어 두 사람이 미끼를 물었다.

"선배가 뒤를 맡으면 누가 앞을 읽어?"

"앞을 읽지 않으면 도저히 뒤를 이해할 수 없게 써줄게."

"어떻게? 1부 32페이지에서 그녀가 한 말이다, 그렇게?"

"역시 똘잰데! 그거 좋다."

영재가 아랫입술을 한번 쪽 빨더니 그제야 앞을 맡겠다고 한다.

"넘기는 시점에서 죽이면 안된다. 마법사 불러서 부활시킬 일 없어."

"적당히 찔러서 넘길 테니까, 선배나 아무 데서 옷 벗지 마."

"내가 언제 아무 데서 벗었어!"

두 사람의 대화에 우리와 조금 떨어진 앞자리 남자가 이쪽을 본다. 두 사람 대신 내가 눈을 마주친다. 그렇죠, 뭐…… 하는 눈빛으로 슬쩍 웃었다. 남자가 애매한 미소를 짓고 찻잔을 들었다. 그리고 앞에 앉은 연인을 머쓱하게 본다. 그럼에도 두 철없는 작가님들은 아랑곳하지 않는다. 끝없이 죽이는 영재로 인해 도하는 인구 감소를 걱정하고, 불멸의 성기를 가진 도하 덕에 영재는 그런 걱정 따위 하지 않는다. 하하하. 둘은 본 구상에 들어가면 전혀 다른 자세로 몰입할 것이 분명하다. 지금은 그저 장난처럼 서로를 파악 중이다. 단지 그 남자의 표정만 더욱 심란해졌을 뿐이다. 도하와 영재가 열린 장소에서 지나치게 날것의 언어를 사용하는데, 그게 너무 자연스러운 것이다. 남자의 언어 정체성이 흔들렸을지도 모른다. 남자와 함께한 여자는 뒷모습만 보이지만 찻잔을 꼭 쥐고 있는 게 같은 심정인 모양이다. 남자가 여자를 보는 눈빛이 따뜻하다.

"선배님이 3부 맡으세요."

영재가 내게도 연작을 권유했다. 그러나 기획자는 기획에서 끝내는 게 좋다. 깊게 관여했다가 끝이 안 좋은 경우가 더 많다. 기획과 집필은 다른 영역이다. 도하는 3부를 맡지 않으려면 발문이라도 쓰라고 한다. 나를 잡고 마의 십만부를 넘겨보자는 것이다. 나는 둘의 인세를 일 퍼센트씩 내놓으면 발문을 맡겠노라고 했다.

"똘재야, 대충 추천사로 가자."

"선배님이 생각보다 얍잔데?"

두 사람 호흡이 기막히다. 서로 가장 사랑하면서 가장 자유롭게 놓아둘 사람들. 그러나 언젠가 만나게 될 다른 이성에게는 치명적인 관계이기도 하다. 연인의 사랑과는 다른 모습의 사랑이 연인을 힘들게 할 것이다. 때문에 또다른 사랑을 놓칠 수도 있는 것이다. 그럼에도 다른 여자가 영재를, 다른 남자가 도하를 대신할 수 없다. 나는 이들이 여전히 함께하고 있을 어느 먼 날을 미리 본다. 그때 앞자리 남자가 우리에게로 왔다. 녀석들 좀 살살 하지.

"정수현 작가님 맞으시죠?"

"맞습니다."

남자 얼굴에 화색이 돈다. 이쪽을 보았던 게 나 때문인 모양이다. 남자의 가벼운 손짓에 함께 있던 여자가 노트를 들고 온다. 나는 그녀가 내민 노트에 기꺼이 싸인을 한다. 매우 쑥스럽지만 그럼에도 행복한 순간이다. 영재와 도하가 잠시 말을 멈추고 그 모습을 지켜본다. 남자가 같이 사진을 찍어도 되겠느냐고 묻는다. 그럼요. 연인은 나를 가운데 두고 자세를 취했다. 사진은 휴대전화를 건네받은 도하가 찍었다. 자리로 돌아간 연인이 이제 나란히 앉아 휴대전화를 들여다보며 이야기를 나눈다. 방금 나와 찍은 사진을 볼 테고 전에 찍은 다른 사진도 볼 테지. 예쁜 연인이다.

"도하선배, 아무래도 우리의 십만부를 위해 선배님 영입이 시급한 것 같아."

"그런 거 같지? 난 십만부 나가면 세계에서 가장 큰 성기박물관을 세울 거야."

"나는 황금작두를 만들려고."

"저 형은 십만부 몇번 있잖아. 전세계 사립도서관은 다 저 형 걸지도 몰라."

하하하. 실제 십만부가 나가도 서울에 작은 전세방조차 마련하기 힘들다. 소설가에게 십만부는 그런 것이다. 심정적 부담은 돼도 한번쯤은 가뿐하게 밟고 가고 싶은 고지.

"우리는 시인이 아닌 걸 하늘에 감사해야 해. 시 쓰는 도욱선배는 만부만 나가면 당장 천문대를 살 거래."

"평론 하는 전소희는 천부만 나가도 나로호를 쏠 수 있지 않을까?"

나는 실소를 터뜨리며 두 사람의 대화 속으로 들어간다.

"밥 먹어야지."

"간장게장이요."

영재가 먼저 일어나 가방을 챙기고, 도하가 테이블 위 담배를 챙긴다. 나는 계산서를 챙기며 근처에 게장집이 어디에 있는지 잠시 고민한다. 영재의 좋은 점이다. 뭐 먹을래? 아무거나요, 따위의 말을 하지 않는다. 삼겹살, 꽃게튀김, 참치, 막국수, 홍어회무침…… 즉각적이다. 꽃게튀김과 홍어회무침은 식당을 수소문해야 했지만 대책 없이 아무거나 찾는 것보다 나았다. 도하 역시 마찬가지다. 파스타, 아구찜, 생선구이, 케밥…… 그때그때 곧장 메뉴를 고른다. 도무지 취향도 모르겠고 일정한 규칙도 없지만 이들은 상대의 선택에 불만이 없다. 메뉴를 두고 불필요한 대립을 하지 않으며 무엇이든 잘 먹는다. 나는 십만부 기록이 몇번 있으니 두 사람에게 게장집을 통째로 사줘야 할지 모른다. 도하가 자신이 아는 식당으로 우리를 안내했다.

짬을 내어 서울 소재 D대학 문예창작과 학생들과 짧은 만남을 가졌다. 어딜 가나 문창과 평균연령은 다른 과에 비해 월등히 높다. 이미 어딘가에서 등단한 사람도 있고, 다른 대학을 졸업하고 왔거나, 직장생활을 하다 글이 쓰고 싶어 온 사람도 있다. 소설은 배워서 쓰는 게 아닌데 왜 그런지 알기 위해 오는 것 같기도 하다. 어디서 상 몇개 받았다고 명함 내밀 처지도 못된다. 나 또한 고등학교 때 이런저런 상을 받고 대학에 입학했지만 동기들 수준에 기가 죽어 입도 뻥긋 못했다. 그들은 내가 해온 독서와 수준이 달랐으며 나와는 다른 차원의 글을 쓰고 있었다. 내게 대학은 이미 프로들의 세계였다. 지금 이 자리에 섰어도 어깨에 힘을 줄 수 없다. 이들 중 나는 상상할 수도 없는 미래의 대문호가 앉아 있을지도 모를 일이니. 그저 먼저 세상에 나온 선배로서 함께 이야기를 나눌 뿐이다. 강연 중 오른쪽 앞자리에서부터 돌기 시작한 A4용지가 가운데 줄 맨 뒷자리까지 옮겨왔다. 남학생이 A4용지에 뭔가를 적고 앞자리 여학생에게 슬쩍 건넨다. 그러나 여학생은 아무런 기척도 느끼지 못한다.

"거기 뒤에서 두번째 줄 학생, 뒤에서 뭐 주잖아요. 얼른 받아요."

강의실에 가벼운 웃음이 돌았다. 강의실에 들어오지 않거나 강연 중 도망가는 학생이 발생하지 않도록 출석 확인을 하는 걸 테지. 주최 측에서 초청한 작가를 모두가 좋아할 수는 없다. 특히 웃고 떠드는 데 소질 없는 나 같은 사람이면 한시간이 고역일 것이다. 물론 댁이 제아무리 입담 좋고 유명해도 나는 관심 없소이다, 하고 강의실에 들어오지 않는 친구도 있다. 어쩌겠는가. 내 집이 작아 그를 데리고 갈 수 없는 것을. 나는 잡설을 마치고 학생들의 질문을 받았다. 첫 질문은 A4용지의 기척을 전혀 느끼지 못한 여학생에게 받았다. 나와 정면인 뒷자리에 앉아 얼마나 뚫어지게 보는지, 의식하지 않으려고 무진 애를 써야 했다. 그런데 질문시간이 되자마자 기다린 듯이 번쩍 손을 들어 살짝 당황했다.

"소설을 한 단어로 표현해주세요."

"상상."

"독자는요?"

"지상."

"미래의 문단 후배는요?"

"음…… 비상. 다음에는 문단에서 봅시다. 하하하."

그녀는 씩씩하게 손을 들 때와 달리 수줍은 모습으로 자리에 앉았다. 그리고 또 뚫어지게 나를 응시한다. 아이고, 시간이 얼마나 남았나. 한 시간이 왜 이렇게 긴가. 귀여운 녀석. 글이 무슨 진수성찬을 차려주는 것도 아닌데, 오히려 빈 쌀독을 보며 고민해야 할 날이 더 많을 텐데, 그마저 감수하겠다는 사람들을 만나면 그냥 좋다. 내가 한 실수에 웃고 이들이 하고 있을 실수를 다독이며, 그래도 견뎌보자고 하는 것이다. 선생님이라는 무게를 내려놓아서 그런가, 오래전 강단에 섰던 때와는 사뭇 다르다. 유구한 역사를 가진 유럽 저 어디, 폐활량이 달리면 단번에 발음하기조차 힘든 누구를 들먹이며, 날카로운 통찰의 산물이니 결락의 치유니, 질문한 너도 대답하는 나도 피곤한 말을 했다. 모르면 무식한 것이고 알면 좀 읽어본 놈이구나 하는 것이다. 너희가 예술을 알아? 몰라. 그러니까 너 혼자 다 해먹어. 후후후. 나는 이들에게 내가 한참 방황할 때 만난 한 선배의 이야기를 들려주었다.

"니가 아직 저 지독한 똥통에 빠져 있구나. 치열하게 헤매라. 그래야 오줌 누다 해탈한 스님처럼 아, 그건 그거였구나 하는 순간이 올 테니까. 그걸 그냥 그거라고 하면 누가 때리냐? 무슨 말을 시래기마냥 너덜너덜 널어놔? 한 줄기 똑 따도 시래기고 다발로 가져와도 시래기야, 마.”

습관을 밀어붙여 고집이 된 그것을 나만의 표현이라 여겼다. 여기서 저기 가는데 쓸데없이 보는 것도 많고 떠오르는 것도 많다.

“이러고 가서 어떻게 됐다는 거야?”

“그냥, 갔다고요.”

“갔다고?”

“네.”

“새끼…… 왕복했으면 대하소설 나올 뻔했네.”

하하하하. 긴 말 필요 없이 바로 공감대를 형성하는 우리들의 이야기. 설마 당신이 그런 말을 들었다고요? 하는 표정이 없는 건 아니지만 결국 우리는 다 똑같구나 하는 안도에 웃음을 짓는 것이다. 누군가 묻는다.

“그럼 어떻게 써야 할까요?”

학생들에게 가장 많이 받는 질문이며 답하기에 가장 난처한 질문이기도 하다. 나는 저 질문이, 어떻게 살아야 할까요?로 들리기도 한다. 과연 잘 쓰는 방법이라는 게 따로 있을까. 과연 잘 사는 방법이라는 게 정말 있을까. 그런 방법이 있다면 나도 배우고 싶다. 내가 이렇게 저렇게 했더니 그건 참 나쁘고 그건 참 좋습디다, 그러니 당신들은 그렇게 하십시오. 이게 과연 올바른 지침일까. 모르겠다. 글로 웃고 글로 울고 글로 아파하다보니 그새 시간이 흘러 내가 했던 질문을 이제 내가 받는 자리에 서 있다. 저 사람은 답을 알고 있을 거야, 하며 부러워했던 수많은 내가 강의실에 앉아 있는 것이다. 나는 내게 답을 해줬던 선배의 말을 그대로 들려줄 수밖에 없었다.

"그냥 쓰면 되죠 뭐."

그때는 그 말이 너무 성의 없어 보여 실망했는데, 이제 알겠다. 선배도 그 말 말고는 해줄 말이 없었던 것이다. 내 대답에, 내가 바지를 홀렁 벗고 성기라도 보인 것처럼 어이없는 표정을 짓는 학생도 있다. 역시 그 옛날의 나처럼. 그렇다 하더라도 이제는 나도 너도 머리 아픈 말은 그만하고 싶다. 소설은 근원에 대한 탐구이자 고찰이며 그 환기의 선상에서 시대를 고함으로써…… 선생님, 그 부분 다시 한번만. 소설은 근원에 대한 탐구이자…… 뭐라고요? 그냥 쓰라고요. 손대면 톡 하고 터질 것만 같은 문장으로 쓰든, 정으로도 못 부수는 문장으로 쓰든, 조준하고 갈긴 오줌 이야기를 쓰든, 첫 오줌 받아 약으로 쓴 이야기를 쓰든. 진작 그렇게 말씀하시지……

"클럽을 성당처럼 짓든 대리석으로 오두막을 짓든, 짓고 싶은 집 지으세요. 어차피 내 집에 이 땅의 독자를 다 데리고 갈 순 없거든요. 그런데 그냥 봐도 이상해서 오래도 안 간다, 그런 집 지으면 곤란합니다."

약속된 시간이 끝나고 즉석에서 간단한 싸인회를 가졌다. 예상한 대로 미래의 문단 후배 녀석이 가장 먼저 책을 내밀었다.

"꼭 문단에서 만납시다, 그렇게 써주세요."

"예."

나는 그녀가 불러준 문장을 적고 아래에 싸인을 했다. 그녀가 내게 살포시 인사하고 뒤에 서 있는 사람들에게 말한다. 글씨 되게 잘 쓰신다! 어디, 어디? 나도 써달래야지. 잠시 뒤가 소란스러웠다. 내 책과 함께 아내의 책을 가져온 사람도 있다. 아내가 살았을 때도 종종 있었던 일이다. 그러면 나는 '남편 정수현'이라고 써준다. 노트 한장 북 찢어온 것보다 낫지 않은가. 유쾌한 시간이었다.

강연을 마치고 서둘러 영재의 집으로 향했다. 영재가 도하와 나를 저녁식사에 초대했다. 기획 연작소설 일명 '연가'의 결속을 다지는 자리라고. 나는 평소에 소주나 맥주를 즐겨 선물 받고도 오랫동안 개봉하지 않은 와인을 챙겼다. 샴페인은 시작도 전에 터뜨리는 기분이 들어 준비하지 않았다. 차를 골목 어귀에 대고 빌라로 들어섰다. 옥상에서 냄새 탱크라도 터졌나. 계단으로 전 냄새가 철철 흐른다. 빌라 가구 전체가 동시다발적으로 전을 부친 것 같다. 보니 영재의 집 문이 활짝 열려 있다. 냄새의 진원지가 바로 저기였다.

"너 신중해라."

"알았다니까. 근데 선배님은 왜 안 오시지?"

먼저 온 도하가 영재와 이야기를 나누고 있다.

"왔어. 분위기가 왜 이래?"

"형이 안 오니까 그렇지. 애들 데리고 뭘 했기에 이제 와?"

"좀 놀았지."

도하는, 영재가 사람 불러놓고 음식에 손도 못 대게 한다며 짜증을 냈다. 영재는 그런 도하를 무시하고 드디어 짠! 식탁 덮개를 걷어냈다. 흐흐. 하마터면 웃음이 터질 뻔해 서둘러 고개를 돌리고 헛기침을 했다. 잡채와 동태전이 주 요리다. 세 사람 먹는데 뭘 저렇게 많이…… 나는 지금껏 저토록 까만 면의 잡채와 저토록 나달나달한 동태전을 본 적이 없다. 재료의 문제인가 도구의 문제인가. 도하와 내가 자리를 잡자, 영재가 내 접시에 음식을 덜어준다. 아니, 쌓는다.

"아무래도 이런 날은 한식이 어울리죠? 도하선배, 우리 대박 내자!"

"그래. 야, 난 조금만 줘."

도하가 좋지 않은 표정으로 먹기 시작했다. 전은 기름내와 탄내가 심했고, 잡채는 짜면서 달고 수정과에서나 맡을 수 있는 계피 냄새가 났다. 전은 속살만 어찌해본다 해도 수정과스러운 잡채는 도무지 적응이 안됐다. 서둘러 와인을 개봉했다. 분명 과일 향이 나는 것 같은데 집 안을 점령한 탄내와 짠내에 눌린다. 일단 한모금 물었다. 달달한 과일 향과 스파이시한 향이 입천장을 타고 코에 머문다. 와인을 혀 밑에 두고 잠시 머금는다. 음식과 맞든 안 맞든 입에 밴 냄새부터 제거해야 했다.

"형, 와인으로 가글해?"

도하가 와인을 냉수처럼 벌컥벌컥 마신다.

"도하선배 벌써 다 먹었어?"

보기에도 대충 먹어치운 듯한데, 영재가 다시 도하의 접시를 채운다. 나는 먹는 속도를 줄였다. 도하가 원점이 된 접시를 멍하니 바라본다. 왜? 하고 영재가 묻는다.

"도대체 뭘 넣은 거야? 씨발, 이 맛도 아니고 저 맛도 아니고, 혀를 깨물어 먹어도 이것보다 맛있겠다. 이게 잡채냐? 이건 그냥 잡이야, 마! 아 씨, 나 동태전 먹다가 목에 가시 걸렸어……"

"왜 난 맛있는데! 선배님, 괜찮죠?"

"그래."

"형 미쳤어? 어쩐지 저게 가는 집마다 맛있게 먹더라고. 집에서 이따위로 해 먹고 사니 밖에서 맛없는 게 있겠어? 맛있으면 이것도 형이 다 먹어."

도하가 자신의 접시를 내 접시와 나란히 놓는다.

"문 좀 열자."

아무래도 이 집은 환기에 문제가 있다. 냄새만 맡았을 때는 견딜 만했는데 직접 먹고 나니 좀 부대낀다. 베란다로 나가 반쯤 열린 문을 활짝 열었다. 왼쪽 벽 작은 보일러 아래에 야구방망이가 있다. 방범용이겠지. 들어보니 그립감은 좋으나 영재가 들기에는 좀 무겁겠다. 게다가 나무 배트는 잘못 맞으면 부러질 수가 있다. 급박한 상태에서 손잡이만 잡고 있는 난감한 상황이 발생할 수도 있는 것이다.

"영재야, 이거 방범용이면 알루미늄으로 바꿔."

"그럴게요."

"방범이고 나발이고, 국수 있냐? 시원하게 물국수 좀 먹자."

도하가 속이 많이 안 좋은 모양이다. 나는 다시 자리에 앉아 음
식들을 바라본다. 도대체 뭘 어떻게 하면 이렇게 될 수 있지? 뭔가
좋은 재료는 꽤 들어간 듯싶은데. 심오하게 심란하던 어느 원고가
떠오른다. 혹 함부로 건드리면 안되는 숨은 의도라도? 음식에 대한
조예가 부족해 이 음식들의 행간을 읽어낼 수가 없다. 어떻게 교열
을 봐야 하는 음식인가. 보도자료는 또 어떻게 뽑을 것인가. 영재가
내게 묻는다. 국수 하겠느냐고. 나는, 괜찮다고 했다. 아무래도 국
수가 간단한 음식이긴 한 모양이다. 생각보다 빠르게 내왔다. 국물
이 맑은 게 시원해 보인다. 군더더기 없이 매우 담백한 원고처럼.
도하가 국수를 듬뿍 한 입 먹는가 싶더니 도로 왁 뱉고, 젓가락을
탁! 내려놓는다.

"소금 가져와."

"난 괜찮은데, 왜?"

"너 혹시 혓바닥 두들겨 맞은 적 있냐?"

영재가 도하를 째려보고 자리에서 일어난다.

"어떤 소금 줘? 죽염, 허브, 마늘……"

"그냥 하얀 거 가져와!"

어떠냐고, 도하에게 낮게 물었다.

"저게 그냥 멸치국물에 국수를 담가왔어!"

그랬군. 지나치게 담백해 너무 밍밍한. 영재에게 소금을 받은 도
하가 국수의 간을 맞춘다. 먹어봐. 도하가 묻고, 맛있다, 영재가 답

86

한다.

"이건 맛있는 게 아니라, 간만 맞은 거야…… 아 놔, 이 새끼!"

식사를 마치고, 어쨌든 영재의 잡한 음식을 안주 삼아 맥주를 마셨다.

나는 털실처럼 엉겨붙은 잡채에서 면 한 가닥을 쭉 잡아 뺐다.

"영재야, 어떻게 잡채에서 수정과 맛이 나지? 뭘 넣었어?"

"계피나무 넣고 바글바글 끓인 물에 당면 삶았어요. 푹."

"왜?"

"향이 좋아서 응용해봤죠."

조용히 앉아 있던 도하가 구시렁거린다.

"말은 바글바글 맛있게 하네. 고기냐……"

기획한 작품에 대한 고찰 내지 성찰은 없었다. 이렇게 쓰겠다고 해서 그대로 써지는 글 못 봤고, 엄청난 스케일의 구상안에 미리 놀란 것치고 결과에도 놀란 작품 많이 보지 못했다. 말하는 것으로 보아 필경 제야의 은둔 고수로 사료되는 자가, 어지러운 중원에 옷자락 한번 날려주겠다는 고호한 자태로 출판사에 원고를 보낸 적이 있다. 검토해본 결과, 위성과 신호를 주고받는 위성관제국 직원이 등장했다고 '스타워즈'는 아니지 않은가, 반문하고 싶었다. 그러나 은둔 고수의 입장을 고려해 반려한 까닭을 성의껏 전했다. 보내주신 옥고에 깊이 감사드립니다. 그러나 안타깝게도 저희 출판사와는 그 성격이 다소 맞지 않는 바…… 도하는 신춘문예의 고배를 세번 마시고 네번째 도전으로 등단했다. 그러나 이듬해 장편문학상에 연이어 당선되면서 많은 주목을 받았다. 그러면서 첫 투고작으로 등단한 나와 영재는 고배의 쓴맛을 보지 못해 낙선자의 애환을 모르는 작가들이라고 타박했다. 그러자 영재가 받아쳤다.

"첫 책부터 빵 터진 선배가 나 같은 무명의 슬픔을 알어?"

"겨우 오년차가 어디서 함부로 무명이니 뭐니 까불어? 넌 팬카페도 있더라!"

"회원이 딱 세명이야. 우리 가족이 만든 게 아닌가 의심돼!"

"책에 리뷰 하나 안 달리는 작가가 얼마나 많은 줄 알아?"

"근데 있잖아, 까페 회원은 셋인데 리뷰는 두개인 데도 있어. 한 사람은 뭘까? 회원이 죽은 걸까, 문학이 죽은 걸까?"

"야, 문학은 산 적도 없고 죽은 적도 없어. 늘 지금이 힘드니까 어쨌든 지나온 때가 그립고 그때가 진짜 살았던 것처럼 느껴질 뿐이지. 옛 선배들은 소재가 뚝뚝 떨어져서 신나게 썼을 것 같냐?"

도하가 새 캔을 따고 길게 쭉 마신다.

그런 건가보다. 고향 혹은 지나온 날의 향수 같은. 동네 초입 키 큰 미루나무 앞으로 오전에 한번 저녁에 한번 드나드는 버스를 타다가, 사는 게 힘들어 도시로 나왔는데 이제 도시 삶이 겨워 다시 고향을 찾는…… 산자락에 전원주택을 짓고 길어야 몇해, 역시 고향이지 하다가 다시 도시로 나온다. 못살겠네. 그리고 도시 공원에 앉아 아련한 미루나무를 떠올리며 말하는 것이다. 그래도 옛날이 좋았어. 후후후. 나는 끝까지 남아 몸이 마른 고목처럼 변한 한 노인을 알고 있다. 옛날이나 지금이나 똑같지 뭘. 언제는 사는 게 편한 적 있었나? 꼭 저기 빌딩 사는 놈이 여기 와서 좋다고 하지. 와서 살든가. 와서 자연이 주는 것만 먹고 살아보라고 해. 토끼여? 저절로 난 것만 뜯어 먹고 살게? 여긴 눈뜨면 텃밭에 산삼이 하나씩 자라는 줄 알아. 그랬으면 내가 이 나이에 곡괭이 들고 있겠어? 징그럽다 징그러워.

노인의 말이 떠올라 맥주가 목에 꾹 한번 걸리고 넘어간다.

"형은 글 안 썼으면 뭐 했을 것 같아?"

"글쎄, 뭐라도 하고 있겠지. 넌?"

"난 선장하고 매일 싸우는 일등항해사가 됐을 거 같아. 재주는 있어서 배에 태우기는 하는데, 영 말을 안 들어먹어서 골치 아픈 항해사. 하하하하."

출렁이는 바다가 좋은데 뱃멀미가 심해 배를 탈 수 없다고 한다. 그래서 가끔 부둣가로 가서 출항하는 배들을 한동안 바라보고 온다고. 거친 사내들이 거친 바다를 무사히 건너는 건 바다를 섬세하고 부드럽게 대하기 때문이다. 몰아치는 폭풍과 싸우는 건 바다에 대한 도전이 아니라 바다와 함께 살기 위한 간절한 애원이다. 도하는 바다를 유유히 가르는 사람들을 보면 바다가 그들을 허락한 느낌이 들어 부럽다고 했다.

"좋은 멀미약 많더라. 늦지 않았어. 도전해봐."

"그래서 지금 멀미약 붙이고 문학의 바다를 건너고 있잖아!"

도하가 버럭 소리쳤다. 그 바람에 술기운에 머리를 까딱거리던 영재가 고개를 바짝 들었다.

"왜 내 문학의 바다에는 암초만 있는 거야! 나도 하루빨리 허락받고 유유히 재쇄를 찍어야 하는데. 그것도 아니면 우아한 상금이라도…… 도하선배, 내가 모은 형형색색 대출광고 찌라시 가져다주면 배표 한장 줄까?"

"파지로 팔아서 사, 마!"

"그런 방법이…… 인세로 사는 것보다 빠르겠군."

그러고는 고개를 푹 숙였다. 취했다.

"너 자야지?"

"선배님, 손."

"술?"

"손이요, 손!"

나는 영재가 내민 손을 잡고 내 허벅지에 내려놓았다.

"똘재야, 그 손 절대 놓지 마라. 십만 찌라시하고도 못 바꿔. 잘하면 배도 살 수 있다."

어디 배뿐이겠는가. 가능하다면 항구째 사줄 수도 있겠다. 도하가 식탁을 두리번거린다. 벌써 맥주가 다 떨어졌다. 일어서면서 휘청하는 게 취했지 싶다.

"취했다. 그만 마시자."

"취했지, 씨발. 이런 잡한 음식 먹고 안 취하면 그게 사람이야? 야, 이거 개도 주지 마, 너 물어!"

대답이 없는 걸 보니 잠든 모양이다. 늦었다. 나는 영재를 부축해 파티션 뒤 침대에 누였다. 옷을 벗겨야 하나 잠시 고민하다 그냥 두기로 한다.

"선배님, 나 배 한번도 안 타봤는데. 물을 무서워하거든요. 난 목욕탕도 무서워. 너무 뜨거워…… 시뻘게……"

눈 감고 자분자분 말하는 영재 옆에 눕고 싶다. 팔베개를 해주고 등을 토닥이며 재우고 싶다. 나도 영재의 숨을 느끼며 잠들고 싶다. 갈게. 대답이 없다. 깊이 잠들었다. 파티션 밖으로 나오니 도하가 빈 캔들을 모아 잘 정리해두었다. 나는 베란다 창문을 닫고 식탁 옆에 치워둔 식탁보를 든다. 버리고 다 먹었다고 할까. 그러다 그냥 보를 덮는다.

"형, 있어야지?"

"나가자."

도하와 밖으로 나왔다. 어둠 속에 탄 기름 냄새가 스몄다.

속이 울렁거린다. 영재와 늘 가볍게 걷던 길이 오늘은 조금 무겁다.

"주무셨어요?"

침대에 누운 채 영재의 전화를 받았다.

벌써 오후 두시다. 밤새 뒤척인 탓이다.

"차 빼야지?"

"내가 갈까요?"

"차는?"

"키 두고 가셨어요."

"그래. 이리 와."

전화를 끊고 집 안을 살폈다. 월요일마다 가사도우미가 청소하지만 혹시 집에서 어떤 냄새가 나지는 않을까 괜한 걱정을 한다. 갑자기 집이 우중충해 보인다. 거실 커튼을 활짝 열고 에어컨도 미리 켜둔다. 소파 쿠션을 등받이에 일렬로 놓았다가 둘로 나누어 팔걸이 쪽에 놓아보기도 한다. 그러고는 다시 등받이로 옮긴다. 아내가 죽고 삼년 만에 손님을 맞는다. 영재다. 아, 아직 씻지를 않았다. 서둘러 욕실로 달려갔다.

"동네가 복잡해서 찾기 힘들었지?"

"찾는 건 괜찮았는데 SUV를 처음 운전해서 떨려 죽는 줄 알았어요. 붕 떠서 운전하는 것 같아. 와, 집 예쁘다."

영재는 내게 키를 건네고 집 안을 살폈다. 한옥 틀로 지은 현대식 주택이다. 벽을 가득 채운 책들로 정갈한 여백의 미는 덜하지만, 서까래와 전통 창살로 단정한 옛집의 느낌은 살아 있다.

"유선배님 감각이 되게 좋으셨구나. 바뀐 데는 없어요?"

"그대로야. 좀 지저분해졌지."

아내는 에어컨 실외기마저 주문제작한 참나무 가리개로 두르고 위에 작은 화분을 올렸다. 거실 발코니를 흙으로 메워 만든 실내정원은 아내가 작업실만큼 자주 앉아 있던 곳이다. 작은 물레방아 샘을 가운데 두고 어려서 흔히 봤던 패랭이꽃이나 제비꽃 같은 들꽃을 심었다. 이제 물레방아는 멈추고 들꽃은 말라 죽었다.

"여기 뭘 심었던 것 같은데요?"

"나도 잘 몰라. 아내가 이것저것 심었었어."

"근데 왜 이렇게 됐어요?"

"내가 그런 걸 못해. 너 할 줄 아니?"

"난 그런 걸 참 잘 죽여요……"

영재가 서재 왼쪽 아내의 작업실로 난 계단을 본다.

나는 영재를 데리고 다락방으로 올라갔다.

"저 보료 예쁘네요. 우리 할머니도 썼었는데 느낌이 달라요."

붉은 바탕에 잔잔한 매화꽃이 은실로 수놓인 보료다. 아내가 장침(長枕)에 기대어 무심히 창밖을 내다보는 모습을 본 적 있다. 젊은 아내와 보료가 지나치게 이질적으로 느껴져 보기 불편했다. 그리고 마호가니 좌식 책상. 저 무거운 책상을 부북부북 끌었다. 영재가 묻는다.

"이 집 나중에 작가의 집으로 기증할 거예요?"

"아니. 왜?"

"보존을 잘하셔서요."

워낙 깔끔한 사람이었다. 글을 쓰지 않거나 책을 읽지 않으면 늘 걸레를 들고 청소했다. 아내는 이 집이 대문을 열고 들어오는 집이라 좋다고 했다. 열자마자 바로 실내가 보이는 아파트 현관문이나 한지붕 아래 여러 가족이 살아 수시로 열리는 대문이 아닌, 자신만이 열 수 있는 대문이라 좋다고. 그래서 무리해서라도 장만한 거라고 했다. 그러니 이 집은 아내가 죽었어도 아내의 집이다. 내 손으로 아내의 것을 치울 수 없다.

"여기 자주 올라오셨어요?"

"아니."

"나 같으면 맨날맨날 올라왔겠다. 아늑하고 좋아요."

계단을 막 내려올 때 영재의 휴대전화 벨이 울렸다. 나는 자리를 피해 거실 소파로 갔다. 그래. 아주 진상을 떨고 갔지. 정선배님네. 가회동이라고. 왜? 선배님이 키를 두고 가셨어. 방금. 그러니까 왜 그러냐고! 집 구경. 소파. 알아서 하셔. 영재가 전화를 끊고 소파 뒤로 와 내 어깨에 팔을 두른다. 곧 도하도 온다고 한다. 나는 내 볼과 바짝 붙어 있는 영재의 볼을 쓰다듬는다.

"그런데 왜 그렇게 소리를 질러?"

"사람 죽였어요?"

갑작스러운 말에 고개를 돌려 영재와 눈을 맞춘다.

"사람 죽인 사람한테 그렇게 물으면, 너 죽어."

"안 죽어요."

영재는 안 죽는다고 했다. 그리고 자신의 수태고지를 한 무당 할머니의 말을 전한다. 저기서 죽을 사람은 절대로 여기서 죽지 않는다. 영재가 소파 앞으로 나와 내 허벅지에 앉았다. 나는 영재의 허리를 감싸고, 영재는 나의 목을 감싼다. 영재를 안고 잠시 생각한다. 그렇다면 여기서 죽을 사람은 반드시 여기서 죽는다는 말인가.

"도하선배가 날아와도 삼십분 안에는 못 와요. 와도 상관없고."

시간이 정해진 섹스다. 부모 몰래 꺼내 먹는 사탕처럼 초조하면서 더 달다. 내가 해요. 영재가 내 어깨를 잡고 등받이로 밀어붙였다. 오늘 아내를 보내고, 영재를 온전히 맞는다. 내 회색 셔츠가 허리 아래로 떨어지고, 영재의 흰 셔츠가 어깨에서 흘러내려 팔에 겨우 걸렸다. 영재의 가슴이 내 입으로, 내 성기가 영재 안으로 들어간다. 영재가 나를 갖고 내가 영재를 갖는 것이다.

"아이고, 허벅지에 쥐 나겠네."

"내가 할게."

소파 팔걸이를 짚은 영재를 뒤에서 안는다. 영재의 등 가운데로 곧고 깊은 골이 파였다. 골을 타고 영재의 맑은 숨소리가 흐르고, 나는 골을 따라 그 숨을 마신다. 불편하지 않니? 어쩌겠어요. 도하선배가 시간 끌라는데. 하하하하. 영재의 등에 가슴을 붙이고 꼭 안았다. 자꾸 웃지 좀 마요. 왜? 느낌이 그대로 와. 어떤데? 뭘 어때요, 지도 쿡쿡 웃지. 그러고는 몸을 돌려 팔걸이를 베개 삼아 바로 눕는다.

"정선배, 이리 와봐!"

아유, 이 자식. 혀와 입술로 영재의 발끝에서 무릎으로 올라가 허벅지를 타고 사타구니에 잠시 머문다. 영재가 다리 하나를 내 어깨에 걸친다. 나는 이제 배와 가슴 사이를 지나 입술에 도착한다. 그리고 그제야 눈을 맞춘다. 왔어. 역시 가까이에서 보니까 더 예쁘네요. 하하하. 도발적이면서 유쾌한 섹스다. 영재 안에서 몸을 놀리던 녀석이 신호를 보낸다. 그냥 할까? 네. 사정하는 동안 영재가 나를 안는다. 영재가 내 아이를 가져도 좋겠다. 순간 그랬다. 이제 우리는 키스를 나눈다. 영재가 내 혀를 살짝 깨문다. 아파. 내놔요. 다시 혀를 넣어준다. 탕탕탕! 도하가 얼굴을 대문 쪽으로 하고 거실 창문을 두드렸다. 흠칫 놀랐지만 불륜 현장을 들킨 사람처럼 수선 피우고 싶지 않았다. 놀라기는 배짱 좋은 영재도 마찬가지였나 보다.

"깜짝 놀랐네. 또 할까보다."

"또 할까?"

"이따가."

대충 옷을 걸치고 나가 현관문을 열었다. 문은 잠겨 있지 않았다.

"사람 왔으면 끊을 줄도 알아야지."

술과 안주를 찾았다. 술은 있는데 안주가 없다. 도하가 음식 안내 책자를 찾는데 나는 그런 것을 모으지 않는다. 중국집 광고지는 어디서 본 것 같은데. 개수대 서랍에서 겨우 중국집 광고지를 찾았다. 도하가 짜장면 세 그릇과 몇가지 요리를 주문했는데, 보니 육인용 식탁을 가득 채울 정도였다. 영재가 젓가락을 비비며 도하를 본다.

"허기져서 그런다!"

우리는 한동안 말이 없었다. 누가 무엇을 어떻게 시작해야 할까, 같은 고민을 하고 있겠지. 나는 대답할 준비가 되어 있고, 두 사람은 내게 확인할 것이 있다. 그러나 누구도 쉽게 입을 열지 못한다. 그러므로 내가 먼저 입을 열어야 했다.

"도하 넌 왜 이렇게 급하게 달려왔어?"

"형수 죽은 뒤로, 형이 집에 누구 부른 적 없잖아."

도하는 전부터 아내의 자살을 의심했다. 아내는 조용했지만 욕심은 많았으니까. 아닌 척 꽉 쥔. 그런 사람은 아까워서 쉽게 내려놓지 못한다. 그리고 도하가 보기에 나는 아내를 한순간도 사랑한 적이 없었다. 아내가 욕심이 많았던 것은 맞다. 그러나 마지막에는 모두 내려놓았다. 나는 아내를 사랑하지 않았다. 그러나 죽이지는 않았다.

"영재는?"

"저야 직접 뵌 적이 없으니까 기사를 믿었죠."

하지만 오늘 아내의 작업실에서 아내를 닮은 한 소녀를 보았다고 했다. 아내가 쓰던 보료에서 아내의 마지막 작품 『피리 부는 소녀』의 소녀를 본 것이다. 밤마다 혼자인 소녀가 외로움에 피리를 분다. 그러나 고요한 집에서 소리는 낼 수 없다. 낮은 허밍으로 대신할 뿐이다. 빨간 공단이불을 덮고 피리를 불던 소녀는 늘 혼자였다. 소녀가 어머니를 기다리듯, 아내는 나를 기다렸다. 돌아봐도 끔찍할 만큼 내 몸이 아내를 거부했다. 부부면서 그 존재를 인정하지 않는 것. 그것은 내가 아내에게 행사할 수 있는 가장 난폭한 폭력이었다. 영재는 아내의 단편 「폭포」 속 정사가 실제로는 불가능한 환상 속 정사일지라도 워낙 아름답고 청량하게 묘사돼 질투가 났다고 했다. 정수현과 유지연 작가는 저런 사랑을 하나보다, 하는. 영재가 묻는다. 혹시 아내와 밖에서 관계한 적이 있는지. 아니. 거실이나 서재에서는요? 없어. 두분이 하시긴 하셨어요? 나는 그냥 웃는다. 해본 적 있지, 아마. 내 실없는 웃음에, 영재가 언젠가 본 아내의 인터뷰를 의심한다. 같이 빨래 개고 같이 장을 보던 소설가 부부. 그것이 만일 아내가 만든 허상이라면 그보다 더 비참한 일은 없다고. 나는 그것에 대해 어떤 말도 할 수가 없었다. 도하가 묻는다.

"형, 나 찝찝해서 그러니까 딱 한번만 물을게. 형수 자살이 확실한 거지?"

의심은 가지만 아니라는 믿음이 더 크기에 가능한 질문이다.

"그래."

"미안해, 형."

빠른 사과였고 진심이 담긴 목소리였다. 저 질문과 사과를 얼마나 오랫동안 혀 밑에 물고 있었을까.

"그래도 못 잊는 것 보면 관심은 있었나봐?"

"관심은 모두 애정이냐?"

"형수한테 많이 미안해하는 것 같아서."

"넌 좋아하는 사람한테만 미안해하니?"

"꼭 그런 건 아닌데, 형수는 죽었잖아."

"같이 산 사람이다. 내가 기억상실증에라도 걸렸냐?"

"정말 형한테 한번 찍히면 끝장이구나. 지금 내 원고 송부장이 맡고 있잖아. 송부장이 그러더라고. 형한테 한번 찍히면 무덤에 들어갈 때까지 싫어한다고. 무덤이 아냐. 보니까 귀신이 돼서도 싫어하겠어."

싫은 것에 초연해지기까지 얼마나 많은 인내가 필요한가. 어릴 때 밟은 압정도 기억하는데 어떻게 사람을 잊나. 정이라도 붙여보려고 했다. 그러나 마음이 가지 않는 사람에게는 미운 정마저 가지 않았다. 싫은 것도 관심이라는 말, 나는 믿지 않는다. 정확히는 그런 말을 하는 인간의 선의를 믿지 않는다. 악의에 찬 관심은 혐오다. 너 어떻게 되나 두고 보자 하는 관심은 살기다. 싫다면서 왜 그렇게 관심이 많아? 좋아하는 거 아냐? 오, 당신 현자시여. 조롱 뛰는 심장에 단검이 꽂히기를. 싫다면 싫은 줄 아는 게 낫다. 굳이 미련이나 긍정적인 관심으로 해석할 필요가 없다. 싫어서 죽을 수도 있고, 싫어서 죽일 수도 있는 것이다. 아내가 환영으로 나타나면 그래서 미안했다. 너무 싫어서.

"똘재야, 이번에는 내가 살인 전문가한테 졌다."

"내가 아니라고 했지? 마냥 섹스만 써대니 뭘 아나."

"잘나셨네. 그리고 「폭포」 정사는 실제로 가능한 레전드급 정사였어, 똘빡아."

"그게 무림의 고수들만 한다는 폭포체위냐? 실제로는 거기서 그렇게 못해. 못 믿겠으면 가서 해보든가. 또 알어? 그거 하다 득음할지. 말하는 거 보니까 순 키보드로만 하셨구만."

"나는 몸으로 섹스를 집대성한 사람이야!"

"존경합니다. 그건 그렇고, 누구 낚시터 아는 사람 없어요? 배경이 필요해요."

"형, 전에 경기도 어디 낚시터 얘기했었잖아. 한산하고 좋다며."

오래전에 말한 C시 낚시터를 도하가 기억해냈다.

"폐장했어. 지금은 좀 음산해."

"선배님이 같이 가면 되잖아요. 딱 좋은데요 뭐."

"그럼 언제 가보자."

영재가 물을 찾는다. 생수는 떨어졌고 정수기는 필터를 교체한 지 오래다.

"기분도 그런데, 나가서 한잔하자."

"형 기분이 왜 그런데? 둘이 좋아 죽더구만."

도하가 우리를 보았다. 싫지 않다. 마음에 이물 하나 걸리지 않고 보여주고 싶은 사랑. 그런 우리를 보았다고 해서 부끄러워해야 할 이유도 없다. 그것이 어디에서 오는지 모르겠지만 도하에게 미안한 마음이 살짝 들기는 했다. 그런데 이런 사람, 너무 오래 기다렸다. 나는 아직도 사랑이 뭔지 모르겠다. 하지만 지금 이것이 그것이라면, 내 삶으로 기꺼이 맞이할 생각이다.

동네 아랫길에 있는 보쌈집에서 막걸리로 목을 축이고 돌아왔다. 도하와 영재는 집에서의 무거운 이야기를 버리고 본래의 유쾌한 모습으로 돌아가 티격태격 막걸리를 마셨다. 마침 밑반찬으로 대구전이 나왔는데, 도하는 자고로 전이란 이렇게 부치는 거라며 영재의 잡한 동태전을 타박했고, 영재는 이런 실력 있으면 식당을 차리지 왜 글을 쓰겠느냐고 응수했다.

"도하선배, 많이 남았는데 좀 싸줄까?"

"너 나한테 물려볼래?"

신기하게도 둘은 어떤 이야기를 나누어도 유쾌하다. 그렇다고 사안의 심각성마저 훼손되는 것은 아니다. 사람 죽였어요?라고 영재가 물었다. 가볍게 말했지만 결코 장난이 아니었고, 나에 대한 믿음과 혹시 모를 염려가 깃들어 있었다. 영재의 목소리와 어투가 결합하면서 발생한 화학반응으로 말의 온도가 올라간다. 영재가 따뜻한 이유다. 그런 영재에게 차마, 그래 죽였어, 할 수 없었다. 사람을 죽이는 게, 사람이 죽는 게 너무 쉬웠다. 잠시 여기 있던 사람이 저기로 간 것처럼. 죽음은 그것으로부터 구해내려는 자와 그것으로부터 벗어나려는 자에게만 어려웠다. 아버지와 형, 내가 죽인 것일지 모르는 아내. 내가 바란 건 오직 하나였다. 나를 그냥 가만히 두는 것.

명확하고 간결한

볼을 맞대고 나직하게 묻던 영재의 목소리가 귀를 떠나지 않는
다. 사람 죽였어요? 더 가면 저 앞에 상처가 서 있다는 것을 안다.
너 이제 왔구나, 하고 손 내밀. 멈춰야 한다. 가장 사랑하는 사람이
가장 아프다. 변명 없이, 그래 내가 그랬어, 고백해야 한다. 살아온
날을 돌아본다. 내 어린 날, 바람 좋은 숲 너럭바위에 앉아 책을 읽
었다. 중고등학교 문예반에서 궁이나 계곡을 찾아 선배들을 따르
기도 후배들을 이끌기도 했으며, 이런저런 대회에서 상도 받았고
무리 없이 대학에 입학해 학기 중에 등단했다. 뒤로도 큰 고비 없
이 작품을 발표하며 문단 경력을 쌓았다. 그리고 한 여인과 결혼했
다. 이것이 세간에 알려진 나의 이야기다. 지나치게 정석의 코스를
밟아 누구는 내게 그래서 고생살이 없다고 한다. 그것밖에 달리 방

법이 없었던 도피와 떨쳐낼 수 없는 두려움과 서러움을 그들은 몰랐다. "수형이냐?" 부르던 아버지가 부지불식간 나타나, "이쪽이에요" 했던 나를 따라왔다. 아버지와 형, 그리고 아내. 그렇게 살다 그렇게 떠난 사람들. 늦은 미련으로 만약에,라는 가정도 하지 않으려 한다. 다시는 반복되지 않기만을 바랄 뿐이다. 이제 그만 모든 것을 끝내야 한다. 우리가 지금 하는 것이 제발 사랑이 아니었으면 좋겠다. 그래서 영재가 아프지 않았으면 좋겠다.

이 집에서 육년여를 살았는데 아내와 남긴 살뜰한 기억이 없다. 계절마다 커튼이 바뀌었는데 커튼 봉을 잡아본 기억이 없다. 수많은 화분이 들어오고 나갔는데 화분을 든 기억이 없다. 주방에서 음식 냄새가 났는데 그것을 즐겁게 먹은 기억이 없다. 이제 커튼은 바뀌지 않고 화분은 줄고 음식 냄새는 사라졌다. 사람이 사는 집이 아니라 그저 사람이 있는 집이다. 그리고 자동차 블랙박스. 그것은 아내의 또다른 눈동자였다.

"어제 간 곳이 어디예요?"

"글쎄."

"그쪽 길은 너무 막히지 않아요?"

"그만하지."

아내는 외출을 잘하지 않아 차를 쓰는 일이 드물었다. 그렇지만 블랙박스 메모리는 자주 확인했다. 녹화된 파일이 자동으로 삭제되기 전에 잘 살펴야 한다고 했다. 비록 내게 아무 일 없었을지라도 누군가에게는 중요한 모습이 담겼을지 모르니. 당시만 해도 블랙박스는 주로 택시 같은 영업용 차량에 설치했다. 나는 일반 승용차에 설치된 블랙박스가 낯설었고, 노트북 앞에 앉아 나의 행적을 살피는 아내가 좋지 않았다. 되도록 차를 쓰지 않은 이유다.

"그렇지, 블랙박스."

밖으로 나가 차에서 블랙박스 메모리를 가지고 왔다. 노트북에 메모리를 꽂고 영재가 차를 몰고 집으로 오는 영상을 확인한다. 차가 골목 어귀에서 출발한다. 전방에 과속방지턱이 있습니다. 차가 급하게 출렁인다. 미리 말해야지! 저기 까페 '창고'가 보인다. 칠백 미터 전방에서 오른쪽 방향입니다. 그게 얼마만큼인데? 잠시 후 오른쪽 방향입니다. 어디? 여기? 저기? 경로를 재탐색합니다. 뭐?…… 그렇게 재탐색을 해가며 내게로 오는 것이다. 너하고 나 만나는 길이 이렇게 생겼구나. 나는 영재가 차를 몬 영상만 따로 저장했다. 폴더명, 영재. 차가 집에 다다랐을 때의 영상을 다시 확인한다. 내가 늘 오는 길로 영재도 오고 있다. 나가서 안아주고 싶다. 무서워서 죽을 뻔했네. 시동이 꺼지고 영상도 끝난다. 잘 왔어. 영재가 발을 디딜 때부터 집이 숨쉬기 시작했다. 내 품으로 들어오는 느낌, 당연히 그랬어야 했던 것 같은 안도와 편안함. 그것을 아내의 집에서 영재에게 느꼈다. 소파와 식탁에서는 아직도 영재가 부르는 소리가 들린다. 정선배, 이리 와봐! 보고 싶다. 영재에게 전화를 걸었다.

"마침 전화하려던 참이었어요."

"왜?"

"전에 말한 낚시터, 오늘 가볼 수 있어요?"

"준비하고 있어. 같게."

블랙박스에 메모리를 끼우고 시동을 걸었다. 내비게이션을 켜고 목적지를 영재의 집으로 설정한다. 경로를 탐색합니다. 이제 내가 간다. 나는 영재처럼 내비게이션의 그녀와 대화를 나누지는 않았지만 가끔 웃음으로 답은 해주었다.

지금 가면 좀 늦지 싶은데 애초에 필요한 배경이 그러했다고 한다. 나는 결국 영재를 데리고 C시 낚시터로 가야 했다. 전방에 과속방지턱이 있습니다. 시끄러. 영재가 내비녀에게 낮게 말한다. 끌까? 소리를 없애요. 그래. 후후후. 왜 웃어요? 그냥, 하하하. 나랑 가니까 좋죠? 응. 강변도로를 지나 경기도 고속화도로로 진입했다. 영재가 카메라 액정을 닦고 배터리를 확인하며 불쑥 묻는다. 혹시 환영 같은 걸 보느냐고. 놀라 나도 모르게 액셀에서 발을 떼었다.

"왜?"

"가끔 그런 세계를 보는 것 같아서요."

다시 액셀을 밟는다. 영재는 자신이 내 오래된 팬이었다는 말부터 시작했다. 그날, 인주에게 내가 시상식에 참석한다는 말을 듣고 달려왔다. 데뷔하면 한번쯤 보겠지 했는데 통 볼 수가 없어 날 잡고 온 것이다. 그날 영재가 나를 보고 있는 것 같은, 눈이 마주친 것 같은 착각은 착각이 아니었다. 나를 보고 웃었고, 나는 그런 영재가 누군지 궁금했다.

"맥줏집에서 선배님이 빈자리에 냅킨 놓기 전에 분명히 누구하고 눈 마주쳤어요. 나까지 옆을 스윽 볼 정도의 누구. 한공간에서 갑자기 선배님만 분리된 느낌? 그런 느낌도 받았고요. 거기 말고 다른 곳에서도."

"가끔 아내가 와."

"안 보내주는 거예요, 못 보내주는 거예요?"

"미안한 거지."

담장 너머 아내가 자동차 문을 잠그는 소리, 아내가 서재 문을 두드리는 소리…… 병신처럼 눈물이 난 적도 있었다. 작업실에서 책상을 부북부북 끌면 나는 창을 깨고 유리 조각으로 내 목을 긋는 상상도 했다. 소리와 말, 아내는 내게 그런 것으로 남았다. 아내는 사람을 신뢰하지 않았다. 포수와 투수처럼 한호흡으로 움직여야 하는 편집자도 예외가 아니었다.

"그 사람들 나 좋아서 잘하는 거 아니잖아요."

그래서 그들이 불편했다는 것도 알고 있었을까. 아내는 편집자들이 싫어도 싫은 내색을 할 수 없는 피곤함마저 즐겼다. 너희가 싫어하면 어쩔 건데? 고약했다.

"작가들은 하나같이 이상해서 더이상 이상할 것도 없는데, 걔는 진짜 좀 그래."

직장 선배 송부장이 참다못해 한 말이다.

"자판 몇번 두드리면 바로 나오는 것도 꼭 부탁이라고 하고 있어. 우리가 십분대기조냐? 우리가 수현씨네 커튼 천까지 알아봐야 하냐고. 걔한테 전화 오면 모여서 차 마시다가도 급 회의 모드야. 서로 미루다가 누구 한 사람 총대 메고 전화해. 담당자만 죽는 거지. 제발 관리 좀 해.”

사람 관리. 과연 가능할까. 어쩌면 그것이 아내가 그들을 관리하는 방법이었는지 모르겠다. 그들이 아내 관리에 실패했듯 아내 역시 그들 관리에 실패했다. 서로 나름의 진심으로 대했지만 지나치게 계산된 진심이었다. 서로 필요로 하지만 내 이익이 우선인. 한배를 타고 가다가도 더 좋은 고기가 낚였다 싶으면 바다로 던져버리거나, 다른 이익을 위해 연료로 쓰거나 미끼로 쓰는 속물 깊은 동반자.

“나는 딱 주는 만큼만 해줘요. 더 해줘봤자 잠깐 좋아할 뿐이지 고마워하지 않아요. 절대로. 지들 챙길 거 다 챙기면서 어디서 생색이야.”

아내는 과연 그들과 똑같았다.

영재에게 할아버지가 있다면 내게는 어머니가 있다. 죽이려면 확실히 죽이고 살리려면 확실히 살려라. 몇번 찌르고 정신 차렸겠지, 하는 건 니 생각이야. 살았다 싶으면 또 같은 짓을 해. 화투판에 가만히 앉아 있으면 그래. 저놈은 주둥이로만 하는 놈이니 두면 알아서 죽을 것이고, 저놈은 두면 지 패로 나 죽이고 저도 죽을 놈이니 초장에 죽여야 하고, 같이 좀 놀 놈이다 싶으면 내 패 접어 확실히 밀어주고, 이놈 순 꾼이구나 싶으면 거덜을 내버려야 하지. 놀 줄 모르는 놈하고는 상대하는 게 아니다. 딴 돈 판 밑에 감추고 기어이 남의 돈으로 커피 마시는 놈도 마찬가지고. 초반에 힘준 놈치고 끝까지 가는 놈 못 봤다. 그런데 애초에 패가 큰 놈은 초장부터 커. 저놈은 저게 끝이지 까불다가는 좋은 패 들고도 죽는다. 똥쌍피 들었다고 광 셋 든 놈한테 섣불리 까불면 광박에 피박까지 쓴다고. 죽일 패하고 살 패는 꼭 같이 가지고 있어라. 그중 너도 살고 남도 사는 패가 가장 좋은 패다. 혼자 살아남아봐야 아무 소용 없어. 판은 절대 사라지지 않아. 노는 놈들이 바뀌는 거지. 패거리로 다니는 놈들과는 패 섞지 마라. 비고도리밖에 안된다. 내내 버리다 어쩌다 한번 쓰고 또 버려. 멍청한 것들이나 한번 써먹고 잔돈푼 쥐여주면 좋다고 하지. 피를 나눈 형제하고도 한패가 못되는 세상이다. 패거리일수록 지 실속만 챙기는 놈이 더 많아. 영재가 그랬던 것처럼 어린 나도 귀에 딱지가 앉도록 들은 말이다.

결혼 뒤에는, 니 마누라는 곧 죽는다,라고 했다. 왜요? 기술자는 임자 만나면 죽어. 살려거든 얼른 꼬리 내리고 넙죽 엎드리든가 어디 숨어 살든가 해야 해. 기술자는 그냥 쳐도 웬만한 사람보다 잘 치니까 그냥 놀면 되는데 꼭 욕심 부리다 죽어. 내 볼 때 니 마누라가 꼭 그런다. 저로 안되면 뭔 수를 써서라도 끝장을 볼 애라고. 눈에 오만이 꽉 찼어. 판 바람 몇번 몰려서 판돈 좀 쌓인 거 가지고 거들먹거리는 놈하고 똑같아. 긁어모을 때는 좋아라 하다가 내줘야 할 때는 독기 품어서 기어이 목숨을 잃는 놈. 눈코입 붙고 손발 달렸다고 다 같은 사람 아니다. 몸은 부모가 만들어도 속은 저 하늘이 넣는 거야. 저 위에서도 패 뜨는 거지. 저걸 초장에 죽여야 하나 막판에 거덜 내고 죽여야 하나. 너 내려가서 저놈은 살리고 저놈은 잡아라. 그중 제일 무서운 놈이 누군 줄 아냐? 너는 가서 신나게 놀다 와라, 하는 놈이야. 아무도 못 건드린다. 전쟁통에 떨어뜨려놓아도 총알이 알아서 비켜 가. 어쩌다 총알 맞으면 맞은 놈은 살고 쏜 놈이 미쳐서 죽어. 내가 시어머니 짓거리 하는 게 아니라 니 마누라는 곧 죽을 패다. 눈에 뵈는 게 없으니 지 맘에 안 든다 싶으면 막 쏠 애야. 지켜봐라, 반드시 지가 기술 쓴 놈한테 죽는다.

나는 아내에게 어떤 임자였을까. 아내는 내게, 당신은 날 사랑하지 않아도 돼요,라고 했다. 뭐랄까, 말도 안되는 자신감 내지 연민조차 가질 수 없는 미친 그 무엇에 당황했던 것 같다. 어울리지도 않는 걸 왜 샀니? 내 맘에 들어서. 필요해? 그냥 가지고 싶어서. 비싸지 않아? 그 정도는 있어. 그런 기분. 내 사랑 여부와 상관없이 자신이 나를 가졌고 사람들이 그러한 사실만 알면 됐다. 부부면서 아내라고 말하고 싶지 않았던 사람. 나는 결혼 삼년 만에 이혼을 원했다. 잘못된 결혼이었다. 엉키고 엉켜 버리는 게 최선인 원고처럼 아내는 나를 버리고 나는 아내를 버려야 했다.

"그래요, 해요."

이렇게 쉬운 걸 혼자 오래 고민한 게 허탈했을 정도다. 그러나 아내는 법원에 출석하는 날 사라졌다. 빠리로 훌쩍 떠난 것이다. 열흘 뒤에 돌아온 아내는 이혼을 할 수 없다고 했다.

"내가 당신한테 변호인을 보내길 원하나?"

영재야, 혹시 봤니? 이주일 넘게 음식을 삼키지 않은 사람. 죽었으면 좋겠고 죽을까봐 싫은. 눈동자가 눈두덩을 파고들고 마른 누에 같은 입술 사이로 썩은 내장 냄새가 났다. 붉은 보료에 누워 그대로 오줌을 지린 아내. 그 상태로 두면 나는 아내를 굶겨 죽인 남편이 되는 거였다. 혼자 죽지 않는다. 세상이 너를 물어뜯을지어다. 남편 해줄게. 그러니까 살아. 어머니가 나를 팔고 당신이 나를 샀으니 질려서 버릴 때까지 살아주지. 죽음보다 이혼을 더 싫어한 아내였다. 아내는 그뒤로도 죽음을 암시하는 말을 자주 했다. 그래, 그때는 깨끗하게 가. 아내는 욕조 안에 앉아 칼로 깊게 그은 손목과 샤워기를 배수구 위로 두고 깨끗하게 떠났다. 욕실에서 낮은 수압 소리와 하수구로 빠지는 물소리가 오래 들렸다. 그러나 나는 문을 열지 않았다. 결혼하고 육년 만의 일이었다.

"여기 끝내주네요."

"무서워?"

"허리 좀 잡아주세요. 저수지가 막 끌어당기는 거 같아요."

영재가 사진 찍는 데 방해되지 않도록 뒤에서 허리를 감쌌다. 어스름 내린 낚시터는 기이할 정도로 음산했다. 회색 구름으로 하늘도 어둡고 저수지도 어둡다. 낡아 축축 처진 차광막 천이 잔바람에

110

도 하늘거린다. 저기 세번째 좌대 아래 담요로 몸을 싸고 돌을 등진 형이 있다. 그 위로 어디서 왔는지 모를 쓰레깃더미가 몰렸다. 죽은 사람과 죽은 물고기와 쓰레깃더미가 내는 비린내에 현기증이 난다. 영재가 살인 전문작가답게 이런 곳에는 늘 시체가 있으니 물가까이 가면 안된다고 한다. 왜? 삼키니까. 그리고 묻는다. 변사체가 왜 일반 시체보다 더 무서운 줄 아느냐고. 글쎄……

"죽는 순간 악마를 보거든요."

"영재야."

"네?"

고개를 돌린 영재에게 키스를 했다. 더운 날 나는 너무 추워 따뜻한 영재가 필요했다. 저기에 형이 있다고 말할까봐 내 입을 막아야 했다. 서늘한 냉기가 목덜미를 타고 등으로 흐른다. 돌아선 영재가 내 목에 팔을 두른다.

"할래요?"

"지금?"

이리 와. 영재를 데리고 잠풀 높이 자란 둑길에 있는 간이매점으로 갔다. 컨테이너로 만든 간이매점은 그 옛날 시골 상엿집을 연상시켰다. 자물쇠가 지난번 내가 돌로 내려쳐 부순 그대로다. 급하게 줄을 찾느라 매점으로 들어와 낚싯줄 뭉치를 발견했다. 여전히 떡밥봉투와 야광을 잃은 야광찌가 널브러져 있고, 녹슨 야전침대 위 간이의자들도 그대로 포개져 있다. 내가 다녀간 뒤로 아무도 오지 않았던 것이 분명하다. 영재가 야전침대에 한 발을 올리자 꺼극 꺼극 가쁜 소리를 낸다. 나는 영재의 쇄골에 입을 맞추며 쇠창살을 덧댄 창문 밖을 내다본다. 어둠보다 더 검은 저수지. 지나치게 고요하다. 영재가 숨을 턱턱 끊어가며 말한다. 저 건너편에서 우리 스윽 본 사람은 되게 놀랄 거예요. 저곳엔 아무도 살지 않는다. 하하하. 영재의 웃음이 녀석에게 그대로 전해진다. 해도 돼? 네.

"이 장면에서 넘기면 도하선배 좋아할 거예요."

"작품 때문에 한 거였어?"

"선배님이 기획했잖아요. 협조 좀 합시다!"

"한번 더 협조해줄까?"

"이따가."

금지된 구역이 주는 긴장 때문일까. 몸의 촉수가 예민하게 열리고 심장이 빠르게 뛰었다. 경고. 이런 시간에 이런 곳에 오면 안된다. 어쩐지 상엿집 같은 간이매점. 어른들이 아이들에게 경고한다. 거기 들여다보면 안된다. 눈멀어. 그러나 아이들은 기어이 들여다보고 만다. 홍수로 개천에 물이 불면 어머니가 그랬지. 거기 가면 안돼. 떠내려가. 나는 개천으로 달려갔다. 엄청난 물살에 압도되어 오금이 저려도 물 가장자리에 발을 담가보는 것이다.

"괜히 골로 가는 수가 있어요. 빨리 가요."

나는 영재의 손을 잡고 형에게서 도망쳤다.

"작품 잘될 것 같아?"

"잘 풀릴 거 같아요. 비까지, 죽이네."

막 내리기 시작한 부슬비는 하늘하늘 안개 같고, 시커먼 도로는 지옥을 돌아 흐르는 스틱스 같다. 내가 카론의 배를 타고 강을 건너면 영재가 동전 하나 물려주었으면. 영재야, 길이 스틱스 같다. 내가 먼저 건너면 어떡하실래요? 하프 들고 가야지. 돌아보지 마세요. 그래. 그러나 어떤 긴 손이 따라오는 것 같아 자꾸 룸미러를 보게 된다.

"저것 봐. 발 떼자마자 돌아보겠어. 뭐가 따라오는 것 같죠? 저수지에 잠긴 원혼이 마악 따라오는 거예요. 내 다리 내놔."

"그런 거 무섭지 않아?"

"나 귀신 되게 무서워해요. 그래서 공포영화도 안 봐요."

"그런 녀석이 왜 그렇게 죽여?"

"내가 죽인 게 아니라니까 그러네. 그 사람들이 그렇게 죽었다니까요."

그러고는 불쑥 자식 손에 죽은 부모가 원한 품는 거 봤느냐고 묻는다. 글쎄……

"나는 공소시효라는 게 참 그래요. 그동안 안 잡히고 버텼어? 대단한 놈이구나. 집에 가라! 죽은 사람의 원한이 풀리지 않으면 억년이 흘러도 진행 중인 거예요. 자살도 그래. 이제 죽을 시간이군. 그러고 갑자기 죽는 사람 없어요. 거기까지 간 이유가 있어. 사람들은 그러지. 죽을 용기로 차라리 살라고. 그런데 '차라리'를 다했는데도 죽어도 '차라리'가 안되니까 가는 거예요. 그 사람들 살풀이라도 해줘야죠."

"죽어도 '차라리'가 안돼서 죽인 사람은 어떨까?"

"보통은, 이런 상황에서 그렇게 말하는 사람이 범인이에요."

뒷덜미가 싸늘했다. 드디어 뒤따르던 손에 콱 잡힌 것만 같다.

"보통은, 이런 상황에서 곧장 그렇게 말하는 사람도 죽지."

"기제가 뭔데요? 얘 아니에요? 나 아까 좋아서 죽을 뻔했거든요."

영재가 내 바지 속으로 손을 쑥 넣고 녀석을 잡았다.

"'차라리'가 안돼서 죽인 사람이라……"

영재가 잠시 말을 끊었다.

"원한이 한이 된 사람은 자신을 묻고, 살기가 된 사람은 타인을 묻죠. 죽음이 뭔가를 해결하는 건 아닌데, 도무지 어떻게 할 방도가 없으니 그런 결정을 하는 거예요. 선배님, 만약에 누가 날 죽였어. 그럼 선배님은 어떻게 하실 것 같아요?"

"그놈 죽이고 나도 죽지."

"어머, 근데 얜 살았어요."

"책임져."

"오케이."

영재가 콘솔박스에 윗배를 대고 엎드려 내 바지 단추를 푼다. 위험해. 운전 책임지세요. 차를 끝 차선으로 옮기고 속도를 줄였다. 한 손으로 영재의 머리를 쓰다듬는다. 머리카락이 녀석을 상대하는 입술만큼 부드럽다. 우리가 조금 더 일찍 만났으면 어땠을까. 그보다 개천에서 아버지를 만났을 때로 돌아가야겠지.

아버지가 익사체로 발견되고 얼마 뒤 우리 가족은 개천가를 떠났다. 형은 더이상 나를 때리지 않았고 잘못을 덮어씌우지도 않았다. 연이은 가출로 십대를 마감했을 뿐이다. 형이 막 스무살 때 누군가에게 쫓겨 집에 숨어 지냈던 적이 있다. 그렇게 한달쯤 지났을까. 급하게 순번을 바꿔 타온 어머니의 곗돈을 들고 사라졌다. 그리고 가끔 내게 전화해 욕설을 했다.

"개새끼, 너 내가 죽여버릴 거야."

나는 아직도 아버지가 어떤 이유로 형을 때렸는지 모른다. 내 기억의 처음부터 형은 맞고 있었다. 아버지가 자식 손에 죽고 형이 동생 손에 죽었다. 형은 왜 갑자기 구타를 멈춘 것일까. 본 것일까. 아버지도 죽일 수 있는 동생. 그래서 내가 두려웠던 것일까. 흠뻑 젖은 몸으로 양푼째 들고 밥을 먹던 어린 형. 부들부들 떨고 있었다. 봤구나, 형. 그런데 왜 지금껏 아무 말도 하지 않았을까. 형도 아버지를 그렇게 하고 싶었던 것일까. 혹은 동생은 끝내 알 수 없는 형의 마음이었을까. 죽어도 벗어날 수 없는 이 빌어먹을 가족이라는 관계. 하아— 목멘 설움이 이 사이로 새어나왔다. 울어요? 영재가 잠시 녀석에게서 입을 떼고 물었다. 갓길에 차를 세웠다. 이리 와. 의자를 뒤로 밀고 영재를 앞에 앉혔다. 차창에 영재의 손자국이 찍히고, 영재의 등이 닿은 클랙슨이 내 대신 깊은 소리를 낸다. 나는 녀석을 재촉해 영재에게 파고든다. 누구도 떼어낼 수 없는 완벽한 결합을 이룰 때까지. 영재의 숨이 거칠다.

"이 정도면 괜찮은 협조지?"

"무슨 협조를 이렇게 협소한 데서 해. 그럼 동틀 때까지 힘써보세요."

"녀석 좀 조절해야겠는데."

그러나 영재가 나를 꽉 안는다.

그러므로 녀석은 영재에게서 나오지 못한다.

"이대로."

"노력해볼게. 하하하하."

순간 웃음이 터졌고, 녀석이 맥없이 몸을 풀어버렸다.

"노력 참…… 협조가 늘 부실해."

영재의 가슴과 얼굴에 키스를 퍼부었다. 미안해서, 모든 게 미안해서. 예뻐서, 아작아작 씹어 먹고 싶을 만큼 예뻐서.

"가회동으로 갈래?"

"서교동. 그분 오셨을 때 써야죠."

"내가 3부 쏠까?"

"우리가 십만부 넘기면요."

잠시 흔들렸다. 영재가 조금만 덜 예뻤어도 나는 그냥 평범한 작가로 살았겠지. 언젠가 수인번호를 받더라도 아무 일 없는 척, 행복한 모습으로 살아갔겠지. 나는 영재가 사랑하는 남자가 아니라 사랑했던 남자가 되어야 한다. 혹은 영원히 미워할 남자로. 나는 직장 선배 송부장의 연애사를 하나 알고 있다. 그녀는 다른 회사 편집자와 일년쯤 교제하다가 헤어졌다.

"저나 나나 곧 사십인데 딱히 다른 사람이 있는 것도 아니고, 그렇다고 결혼하기에는 내 나이가 많은 것 같고, 그럼 뭐라도 내세울 게 있어야 하는데 그런 것도 없으니, 이게 내 신경을 슬슬 건들면서 간을 보는 거야. 그래서 바로 헤어졌잖아. 그제야 다 관심이 있어서 괴롭힌 거라고 매달리는데, 웃기지도 않아. 여자들은 그럴수록 더 싫어해. 사랑은 잘 놀고 있는 고무줄 끊고 도망가는 게 아니라, 무거운 쓰레기통을 살짝 들어주는 거거든. 좋아하는 건지 싫어하는 건지 헷갈리게 굴지 않는다고. 고무줄 끊는 건 진짜 나쁜 놈도 하잖아. 사랑은 앞뒤 잴 것 없이 명확한 거야."

나는 지금 사랑했던 남자가 되기 위해 달려가고 있다.

사랑은 그렇게 간결하고 명확한 것이라 했다.

"내가 죽이게 써서 십만부 넘겨볼게요."

"그러자."

"3부 꼭 책임지세요. 쓰기 싫다고 사라지면 가만 안 둬."

서울로 진입하면서 빗줄기가 세졌다. 와이퍼가 밀어내도, 밀어내도, 기어이 달라붙는 비. 와이퍼와 비에서 내 가족을 본다. 그리고 누군가에게 묻는다. 당신 가족은 안녕하십니까.

"영재야, 혹시 형제 있니?"

"나처럼 얼굴에 가족력 있는 언니 있어요."

"자매도 자라면서 싸우나?"

"피 터지게 싸우죠. 언니는 이상하게 좋은 게 많아요. 양말이나 과자 같은."

"하하하. 부모님한테 맞아봤어?"

"엄마한테 무진장 맞았죠. 누가 냄비에 달고나 해 먹으래? 무당 할머니네는 왜 자꾸 가서 사탕을 죄다 먹고 와? 할머니 틀니 어디다 숨겼어? 니가 할아버지 붓으로 그림 그렸지? 하하하하. 근데 나보다 언니가 많이 맞았어요."

"언니라서?"

"나는 숨거나 도망가거든요."

"어디 숨었는데?"

"할머니 방 벽장에. 거긴 늘 먹을 게 있어요. 곶감이랑 약과 같은 거. 할머니가 유독 벽장귀신 이야기를 많이 해줬는데, 이유가 있었어요."

너 그렇게 자랐구나. 영재가 할머니 벽장에 숨은 것처럼 나는 개천 상류 숲에 숨었다. 하늘도 맑고 바람도 좋은데 나는 늘 왜 아픈지, 너럭바위에 누워 눈물을 훔쳤다. 그래도 그곳만큼 나를 잘 숨겨주고 편하게 해주는 데가 없었다. 너럭바위를 돌절구 삼아 벌레와 나비를 찧으며, 오늘은 얼마큼 맞았나, 사람은 몇번을 찧어야 이렇게 가루가 될까, 사람도 송충이처럼 툭 터뜨릴 수 있을까 하는 상상으로 나를 다독였다.

"선배님도 형제 있어요?"

"있었지."

"…… 부모님한테 맞아봤어요?"

"아니."

"너무 곱게 자랐잖아. 첫사랑 기억해요?"

"응."

"몇살 때예요?"

"마흔여섯."

"나라고 하면 죽일 수도 있어요."

"너야."

"참기름 됫병으로 드셨어요? 선배님 이런 걸 독자들이 알아야 하는데."

영재가 차창에 입김을 불어 내 이름을 쓰고 참기름병을 그린다.

"그동안 아무도 거들떠보지 않은 남자를 내가 가진 거야? 매력 없어."

"나 좋아하는 여자 많아. 내가 너만 좋아하는 거야."

"어머, 호흡이, 119……"

영재가 몸을 옆으로 휙 돌리고 눈을 감아버렸다. 후후후. 빗줄기가 굵어지면서 와이퍼가 빠르게 움직이기 시작했다. 잠시 맑아지는 검은 창. 내 흐린 삶을 쓸어주는 영재. 잠시 맑음. 그러나 세상은 여전히 어둡다.

보통의 날 우리는

영재가 낚시터를 다녀온 뒤 한달째 밖으로 나오지 않고 있다. 대략의 구성을 마치고 본격적인 글쓰기에 들어갔지 싶다. 이 작업에 재미를 느낀 게 확실하다. 도하 역시 영재의 1부를 흥미롭게 기다리고 있다. 이들은 예상보다 빠르게 일을 진척시켰고, 오래 호흡을 맞춘 주자들처럼 서로를 의심하지 않았다. 얄밉도록 편안하고 안정된 느낌마저 드는 것이다. 제삼자의 눈에는 보이는데 당사자들만 모르는 사랑. 후후후. 결국 영재의 남자는 도하였던 것인가. 지독하게 미운 녀석. 골목에 서서 영재의 집을 올려다본다. 새벽 두시. 방에서 나온 노란 빛이 희미하게 베란다를 밝히고 있다. 보고싶다. 좋아하는 초밥이라도 배달시켜줄까 하다가 결국 생각으로만 남긴다. 집중하고 있을 때는 초인종만 울려도 살기가 돋으니까. 밑도 끝도 없이 믿음을 전하러 왔거나 신문구독 권유일 경우 죽일 수도 있겠다 싶은 것이다. 공복감에 속이 메슥거리면 잡히는 아무거나 먹고 허기만 가시게 하겠지. 잠이 쏟아져도 떠오른 그림을 글로 옮겨놓지 않으면 잘 수 없을 테고. 그 순간 범작이 나오든 졸작이 나오든 우리는 그렇게 사는 사람들이니까. 미친 사람인 채로. 지금 내가 영재를 도와줄 수 있는 건 오직 하나다. 가만히 두는 것. 멍하니 앉아 있는 것마저 일인 게 우리다. 나는 영재를 두고 발길을 돌렸다.

그사이 진행 중이던 도하의 소설 『졸지에 빠른 형』이 출간됐다. 고등학교 남학생 둘이 자위행위에 대해 이야기하는 것으로 시작된다. 아무래도 삼분 안에 끝내기 힘들다는 한 녀석의 말에, 옆의 녀석은 육십초 만에 끊을 수 있다고 호기를 부린다. 마침 동네 형이 나타나자 한 녀석이 묻는다. 형은 몇초 만에 끊을 수 있어? 동네 형은 백 미터 달리기를 말하나 싶어 십육초라고 답한다. 그 바람에 졸지에 빠른 형이 되고 마는 것이다. 그 졸형의 이야기다. 고정팬이 제법 많은 작가답게 초반 반응이 좋았다. 그리고 오늘 각 서점을 통해 신청 받은 독자들과 작가와의 만남을 가졌다. 장소는 홍대 근처 문학까페로, 우리 A출판사가 직접 운영하는 곳이다. 도하의 청으로 진행은 내가 맡았다. 벌써 차기작에 대해 묻는 사람이 있었다. 내가 먼저 짧게 답했다.

"지금 윤도하 작가와 서영재 작가가 연작을 준비하고 있습니다.

일명 '연가'라는데, 어떤 연가일지 저도 기대가 큽니다."

이에 가만히 있을 도하가 아니다.

"우리가 여러모로 죽이는 작품 하나 써볼 테니까, 진짜 기대하십시오."

곳곳에서 휘파람 소리가 들렸다. 한 남성이, 두 사람이 작업하다 진짜 좋은 관계로 발전한다는 데에 오백원을 걸어도 되겠느냐고 묻는다.

"꼭 거십시오. 제가 책임집니다. 그런데 혹시, 이미 좋은 관계다, 에 거실 분은 안 계십니까?"

모두에게 유쾌한 시간이었다. 다만 함께했던 인주만은 그러하지 않았던 듯하다. B출판사 계간지에 실은 『졸지에 빠른 형』 리뷰로 실없는 짓을 한 것이다. 「발기에 관한 명랑한 상상력」을 표제로 건 리뷰 자체에는 문제가 없었다. 그는 정평대로 작품 분석이 좋았다. 적절한 인용과 발제로 무심코 지나칠 수 있는 부분까지 섬세하게 의미를 짚어냈다. 그는 리뷰할 작품을 바탕으로 방대할 것으로 짐작되는 지식을 뽐내거나 거드름을 피우지 않는다. 인주의 장점이다. 그런 그가 끝마무리에 도하의 '작가의 말' 일부를 차용해 장난을 쳤다. "촌스럽게 남들 사랑에 기죽지 맙시다. 속으로는 나 홀로 들을 부러워하고 있을지 모르니까"라는 도하의 글을 받아, "촌스럽게 당신들의 차기 연작소설 『연가』에 기죽지 않겠습니다. 속으로는 나 홀로 필자들을 부러워하고 있을지 모르니까. 당신들의 실제와 같은 뜨거운 『연가』를 기다리며"로 마무리했다. 별문제 없는

내용이지만 영재와 도하가 지인들에게 추측성 농담거리가 되기에
는 충분했다. 그에 대한 도하의 반응은 매우 짧았다.

"좆나게 뜨거운 새끼. 귀찮아 죽겠네."

영재에게서 연락이 온 것은 도하의 신간 관련 인터뷰가 마무리
될 즈음이었다. 삼겹살 사주세요. 그래. 우리는 작은 고깃집에서 만
났다. 도하는 무슨 대작을 쓰겠다고 방구석에 처박혀 출간 축하자
리에도 안 왔느냐고 영재를 꾸짖고, 영재는 죽이게 써지고 있었는
데 인주의 뜨거운 상상 때문에 졸지에 고기 먹으러 나온 언니가 됐
다고 답했다.

"즉사한 애 만들어서 이인주라고 할까봐."

"살려서 넘겨. 내가 복상사로 처리할 테니까. 얼른 장가를 가든
지 해야지. 얘랑 무슨 사이냐고 만나는 사람마다 물어봐."

"인주선배는 잘나가다 꼭 한번씩 실없는 말 하는 데 뭐 있다니
까."

"형, 나 인주 새끼 덕분에 얘랑 뜨거운 사랑 하게 생겼어. 화장실
다녀올게."

도하가 담배를 챙겨 자리에서 일어났다.

"내가 선배님 좋아하는 거 알면서, 왜 애먼 도하선배를 엮나 몰
라요."

"어떻게 알지?"

"좀 찝쩍대길래 선배님 짝사랑한다고 했거든요. 시상식에도 그

래서 간 거라니까요. 가서 꼬셔보래요. 근데 선배님 눈이 높아서 나는 거들떠도 안 볼 테니까 각오하라고. 그래서 내가 도하선배랑 만나는 걸로 아는 건가?"

"그냥 손이라도 한번 잡아주지 그랬어."

"난요, 내 것만 건드려요. 남의 거 안 건드려요."

잘 익은 삼겹살을 영재의 접시에 올렸다. 영재가 기름장을 찍어 먹는다. 그러고는 늘 그렇듯 수다를 떨었다. 나 진짜로 선배님 실물 한번 보고 싶어서 간 거예요. 보니까 정말 예쁘게 생긴 거야. 문학계의 꽃중년 그러면 솔직히 좀 웃었는데 웃을 일이 아니더라. 왜 소설 쓰세요? 영재가 느닷없이 물었다. 그럼 뭐 할까? 글쎄, 또 딱히 뭘 할 건 없는 얼굴이네요. 하여간 나한테는 관심도 없고, 그래서 자리 옮겼잖아요. 인주선배가 불러서. 그랬지. 알아요? 알지. 에라, 온 김에 술이나 푸자. 마구마구 퍼서 완전히 맛 갔는데, 선배님이 떡 오네. 작작 마실걸. 나 완전히 시뻘겠죠? 이 수다쟁이. 가볍게 입을 맞췄다. 내 거니까.

"왜 자꾸 졸지에 훔쳐본 형 만드는 거야? 고기 타잖아!"

도하가 털썩 자리에 앉아 집게를 들었다.

"형은 도대체 애 어디가 좋은 거야?"

도하는 술잔을 비우고, 나는 웃는다. 몰라, 그냥 좋아. 처음으로 내 것이었으면 하는 사람을 만났다. 내가 가졌다고 말하고 싶은 사람. 또 그렇게 나를 가졌으면 하는 사람. 그런 사람을 만나기까지 사십육년 걸렸다.

"인주 개새끼, 왜 나를……"

도하가 점원을 불러 꽃등심을 주문하고 계산서를 내게 민다.

"내 앞에서 한번만 더 뽀뽀하면 확 불어버릴 거야."

식당을 찾았다. 어떻게든 도망치고 싶지만 결국 와야 할 곳이었다. 벽에 낀 곰팡이와 오줌 지린 자국은 그대로인데 계단은 깨끗하게 닦였다. 식당 바닥 역시 깨끗하다. 어디에서도 핏방울 하나 볼수 없다. 하수구에서 나는 시궁창 냄새만 전보다 더 심해졌지 싶다. 식당이었던 곳에서 밥 냄새가 아닌 역겨운 냄새가 나는 것이다. 낮은 불빛에 시멘트 벽이 더욱 어둡게 보여 시체를 태우는 소각장 같다. 어머니가 아버지와 형의 영정사진이 놓인 작은 상 앞에 앉아 있다. 보니 벽지를 할퀸 듯이 났던 핏자국도 사라졌다. 낡은 벽지가더 헐었을 뿐이다. 내 기척에 어머니가 고개를 돌렸다.

"이제 오냐. 왔으면 술 한잔 올려라."

나는 어머니가 따라준 술을 아버지와 형에게 올렸다. 그리고 물속으로 들어간 두 남자에게 절을 올린다. 어머니가 담배를 꺼내 문다. 상 아래에 있는 재떨이를 끌어다 어머니 앞에 놓았다. 긴 한숨과 긴 연기가 어머니의 입에서 나온다. 북망산천 가는 길에 지고갈 게 뭐 있겠소. 이놈 술 받았으니 넘어, 넘어, 편히들 가시오. 어머니가 아버지와 형을 애도했다.

"향은 안 올리셨네요."

"냄새 피우면 되겠냐?"

순간 나도 모르게 고개를 끄떡였다.

"아버지는 왜 다시 모신 거예요?"

어머니가 담배를 짓이겨 끄고 긴 한숨을 내쉰다.

"그때는 하도 경황이 없어서 대충 보냈는데, 인제 저놈도 갔으니 그만 용서해주십사, 같이 올렸지."

"무슨 용서요?"

"저놈이 아부지 보냈거든."

"예?"

"놀랐지? 너 기억하냐? 아부지 밑에 송씨라고 있었잖아. 아부지 며칠 집에 안 들어올 적에 그 양반이 불러서 얘기하더라고. 저놈이 아부지를 물에 넣은 것 같다고. 비 엄청 오던 날 말이야. 멀리서 보니까 누가 물에 빠져서 허적허적 둑으로 올라오려고 하더래. 그 앞에는 저놈이 서 있고. 뭔 일이냐 막 달려가는 중에 보니까, 이놈이 잡아주는 게 아니라 머리를 누르고 있더란다. 저게 뭐냐 하는 사이에, 그 사람은 물에 휩쓸려가고 저놈은 곧장 도망치고. 설마 했는데 저 인간이 아래에서 그 몸으로 나왔잖아. 애를 그렇게 패더니……"

하, 형이라니. 형까지 아버지 몸에 손댔을 줄이야. 형은 어디서부터 봤을까. 우연히 물에 빠진 아버지를 보고 충동적으로 저지른 일일까. 죽기 전 분명 내게 무슨 말을 하려고 했다. 처음부터 본 게 맞다. 그런데 왜 올라오려는 아버지를 막았을까. 가만히 두었으면 이제 내가 맞았을 텐데. 자신은 매질에서 벗어날 수도 있었는데. 내가 빠뜨리고 형이 마무리했다. 기가 막힌 형제 아닌가. 왜 내 이야기를 하지 않았는지 궁금했는데 이제 알겠다. 우리는 공범이었다. 직접 죽인 사람은 자신이었기에 침묵했을 수도 있다. 그리고 그러한 모습을 내가 봤다고 생각했겠지. 자신이 나를 보았듯이 나도 봤다고. 그래서 그렇게 나를 피했군.

"송씨 아저씨가 다른 사람한테는 말하지 않았어요?"

"엄마가 입단속시켰지. 저놈도 우리가 아는 거 모르고 갔다."

"어머니는 왜 형한테 말 안했어요?"

"자식인데도 겁나더라. 안다고 하면 나도 죽일까봐……"

어머니는 먼저 시신을 찾아 조용히 끝내려고 개천가를 샅샅이 뒤졌다. 그러나 끝내 발견하지 못했다. 아닐 거라고, 송씨 말이 맞다 해도 벌써 한강까지 갔을 테니 모르는 척하자 할 무렵, 저 아랫동네 풀숲에서 시신이 발견됐다. 그리고 송씨가 경찰에 증언한다. 아버지가 술에 잔뜩 취해 공사장을 순찰하고 개천길로 갔다고. 거짓은 아니었다. 다만 진실을 숨겼을 뿐이다. 그뒤로 송씨는 십장이 되었다.

"그래도 아들 손에 갔으니 별 탈은 없겠지?"

글쎄요…… 나는 아무 말도 할 수 없었다.

"그런데 아버지는 왜 형만 때린 거예요?"

"저 썩을 인간이 니가 친아들이 아닌 줄 알고 그랬지."

"예?"

"그게 언제냐, 개천가에 살 때 말이다."

아버지는 미장 기술 하나로 공사판을 전전했고, 어머니는 젖먹이 형을 업고 행상을 다녔다. 그 무렵 긴 개천을 타고 하류에서 상류까지 동네마다 공사가 많았다. 낡은 집을 부수고 새 집을 짓는 것이다. 그러나 잡부도 천지라 일자리가 궁한 사람은 십장에게 일당의 일부를 떼어주면서까지 일했다. 그때 아버지가 그 비슷한 일로 십장과 사이가 틀어졌는데, 그가 이웃한 공사판 십장들에게까지 일러 아버지를 공사판에 발도 들이지 못하게 했다. 때문에 어머니가 그쪽 공사를 주로 맡고 있는 한 건설사 소장의 방으로 들어간다. 어머니는 나이도 어렸고 거칠게 산 사람답지 않게 고운 외모를 가지고 있었다. 어머니를 맞은 소장이 인부를 엮어 아버지를 십장에 앉히고 새 공사 현장에 심어준다. 어머니는 형을 낳고 아직 달거리가 없을 때였고, 몇달 뒤 달거리를 시작했을 때는 더이상 소장과 몸을 섞지 않았다. 그런데도 아버지는 나를 볼 때마다 환장했다고 한다. 그 상태로 형을 때리는 것이다. 그리고 그렇게 맞은 형이 그만큼 나를 때렸다. 아버지가 그냥 나를 때렸으면 다른 결과를 보았을까. 그것도 자신은 없다.

"보니까 그 양반이 그냥 소장이 아니더라고. 건설사 사장 아들이라는 말도 있고. 저 인간이 너 태어나자마자 죽인다고 얼마나 팼나 몰라. 소장 방에 밀어넣은 건 저면서 멍청하게 애를 뱄다고, 핏덩이를 그렇게 밟았어. 그냥 두면 너 죽일 거 같아서 그랬다, 진짜 그 양반 아들이라고. 그 집안 아들 몸에 손댄 거 알면 당신 죽는다, 애 크면 데리고 간다고 했으니까 손도 대지 마라. 너 살리려고 그랬는데 나중에는 수습이 안되더라. 안 믿어. 어떻게 지 새끼도 몰라봐. 그

바람에 만만한 수형이만 맞았지. 가서 돈 타오라고 얼마나 떠미는
지, 그 양반한테 받아오는 척 뒤로 돈 만들려고 한 고생을 생각하
면 지금도 눈물이 나."

그날 내가 아버지 팔뚝을 잡았을 때, "수형이냐?"고 했다. 술에
폭우에 몸도 이기지 못하던 아버지가 형을 불렀다. 따뜻하면서도
안쓰러움이 실린 목소리였다. 아버지는 늘 형을 때렸지만 내게는
친절했다. 마치 옆집 아저씨처럼. 그런데 그 순간 형을 그토록 따뜻
하게 부르다니. 서운했나? 그랬던 것 같다. 세상에, 아버지는 나를
아들이 아니라 함부로 손대면 안되는 장물로 알고 있었다. 어머니
가 잘못 알고 있는 것이 있다. 형은 만만해서 맞은 게 아니었다.

"이 새끼는 돈도 안되는 게, 어딜 그렇게 싸돌아다녀!"

그때는 그 말이 무슨 말인지 몰랐다. 형은 돈이 안되는 아들이었
기에 맞았다. 그동안 사진으로도 보지 않았던 아버지가 검은 틀 속
에서 나를 보고 있다. 아버지, 그래도 형은 친아들이라고 안쓰럽기
는 했나보죠? 어떻게 아들도 못 알아보십니까. 아니, 사실은 아는데
끝까지 모르는 척해야 어머니가 돈을 해오니 그러신 건 아닙니까?

아버지가 죽기 일년 전 어느날 밤, 아버지에게 형이 맞았다. 그
날은 심각할 정도로 맞았고 형이 죽을 것 같았다. 나는 서둘러 어
머니를 찾았다. 어머니는 공사장 빈터에 천막을 치고 밥집을 하고
있었는데, 천막 정리로 늦을 때가 많아 그날도 그러한 줄 알고 달
려간 것이다. 그런데 어머니가 가리개도 없는 가판 뒤에서 소장의

허벅지에 앉아 있는 게 아닌가. 카바이드 불빛에 드러난 어머니 엉덩이가 너무 하얘서 화가 났었다. 내가 식수통 아래에 있는 벽돌을 들었을 때, 소장이 말했다.

"가서 애들 밥 줘야지."

"냅둬요."

나는 곧장 개천으로 달려가 어머니와 소장 대신 벽돌을 수장했다.

"다 죽여버릴 거야!"

어머니가 방금 말한 소장은 내가 밥집에서 본 소장이 아니다. 더 어렸을 때도 어머니가 다른 남자와 있는 모습을 보았다. 어렸지만 뭔지 알 것 같았고, 그래도 모르는 게 나을 것 같아, 모른다고 해버렸다. 소장이든 십장이든 공사판과 관련이 있든 없든, 내게는 모두 '소장'으로 묶인 사람들. 그들은 왜 어머니를 만났나. 밥집 소장과 아버지의 관계는 어떻게 된 것인가. 못 본 것으로 해준 송씨와는 또 어떤…… 산다는 게 이토록 누추할 줄이야.

"수형이는 잘 있냐?"

"예."

"저놈도 불쌍하고 저 인간도 참 불쌍하다. 평생을 남의 손으로 먹고살더니 결국 남의 손에 갔어. 그 피 참 징그럽다. 영감은 마누라 팔아먹고 아들은 어미 팔아먹고. 여보, 당신 나한테 먹을 만큼 먹고 갔으니 남은 아들은 손대지 맙시다. 내가 죽을 때까지 제 올려줄 테니까 얘는 손대지 맙시다. 수형아, 너 그리고 갔어도 동생이다. 거기서는 수현이 놔줘라. 얘도 줄 만큼 주지 않았냐. 그러니까 동생 괴롭히면 안된다. 엄마 말 들어!"

어머니가 운다. 지금껏 본 적 없는데, 어머니도 우는 사람이었구나.

"미친개는 결국 사람 손에 잡히지. 수현아, 너는 이제껏 그랬던 것처럼 자박자박 살면 된다. 아무 일 없었던 거야. 알았지? 나는 너만 보면 안 먹어도 배가 불렀어."

어머니의 고인 눈물을 볼 자신이 없어 눈을 마주칠 수가 없다.

나는 조문객 하나 없는 쓸쓸한 장례식장을 조용히 빠져나왔다.

아내가 쓰던 노트북이 책상에 그대로 있다. 나는 아직도 저 앞에 앉아 있는 아내를 본다. 하루 일정량을 채워야 하는 노동자처럼 늘 저 앞에 앉았다. 무엇을 쓰거나, 아무것도 하지 않거나, 다운받은 동영상을 보거나. 그러나 영재는 달랐다. 어디야? 구례요. 뭐 하는데? 팥죽 먹어요. 어딘가에서 한다는 독립영화를 기어이 찾아가서 보고, 자신이 정한 연극주간에는 혜화동 일대를 누비며, 집인가 싶으면 어느 낯선 곳에 있는 것이다. 호기심에 장터를 따라가본 적이 있다. 영재는 여기저기 기웃대다 처음 보는 것이다 싶으면, 이게 뭐예요? 하고 털썩 자리 잡고 앉아 주인장과 수다를 떨었다.

"취재하는 거야?"

"노는 거예요."

"글은 언제 써?"

"쓰고 싶을 때요."

"너 있는 집 딸이 맞구나?"

"있는 선배님 여자죠. 어떻게 된 게 소설가는 있어도 국밥이야."

"하하하. 배고프면 언제든 말해."

낚시터를 다녀와 두문불출하다 파묵칼레를 다녀오기도 했다. 글 쓰느라 자발적 은둔생활을 하고 있지 싶어 종종 안부 메시지만 보내던 차였다. 밥은 챙겨 먹지? 하고 메시지를 보낸 다음날 새벽, 영재에게 메시지를 받았다.

—나 지금 파묵칼레니까, 토요일날 쌈밥 사주세요.

—그래.

잠결에 거긴 오후겠거니 했다가, 곧장 전화했다.

"어디라고?"

"파묵칼레요. 사방이 하얘서 한여름에 만년설 기분 내기는 딱 좋 겠다 했는데, 뜨거워 죽겠어요."

그리고는 곧 석회층으로 이루어진 거대한 흰 산을 사진 찍어 보 냈다.

"갑자기 왜 갔어?"

"미발표 원고 좀 버리려고요. 내 속에서 나왔는데 장례는 제대로 치러줘야죠. 세상에 나온 애들은 그래도 행복한 애들이잖아요. 이 산에 흐르는 허연 물이 병도 치료해준대요. 나도 애들 버리느라고 아픈데 잘 치료하고 갈게요. 하하하."

다른 산은 몰라도 저 흰 산은 꼭 다녀오리라 마음먹고 있었는데, 마침 기회가 되어 휙 갔다고 했다. 미리 말했으면 같이 갈 수 있었는데. 그러나 영재는 누구와 함께 여행하는 것을 좋아하지 않았다. 여행이라는 게 여기 가려다가도 저기로 갈 수 있고 그냥 숙소에 있을 수도 있다. 그런데 함께 움직이면 그것이 어렵다. 정해진 코스 때문에 가고 싶지 않은 장소까지 가야 하는 피곤함이라니. 일행 중 마음에 들지 않는 사람이라도 있으면 여행은 이제 고행이다. 그런 이유로 영재는 혼자 다니는 게 낫다고 했다. 한적하고 고요한 파묵칼레는 문득문득 가만히 앉아 있기 좋아하는 영재에게 매우 적합한 곳이지 싶다.

며칠 뒤, 영재는 새까맣게 탄 얼굴로 일 터키리라짜리 휴대전화 장식을 들고 나타났다. 악마의 눈이라 부르는 터키의 상징 나자르 본주가 달린 거였다. 거긴 면세점도 없냐? 선물이라니 마지못해 받아든 도하가 말했고, 난 원래 아무것도 안 사오는 사람이야,라고 영재가 맞받아쳤다.

"그럼 버리기도 애매한 이딴 건 왜 사왔어?"

"이걸 가지고 있으면 악마가 도망간다잖아!"

"근데 넌 왜 아직도 내 앞에 있는데?"

도하가 잠시 자리를 비웠을 때, 영재가 내게 양장 처리된 작은 수첩을 내밀었다. 이스탄불에 잠시 들렀을 때 산 거라고. 민무늬 표지에 영문 S. Yeongjae가 아랍어처럼 쓰여 있다. 거리예술가가 직접 써줬다고 한다. 그리고 수첩 첫 장에 영재의 글씨로, 사랑해요. 서영재.라고 쓰여 있었다.

"이건 오 터키리라짜리예요. 세상에서 하나밖에 없는 거."

너무 은밀하게 말해 서둘러 숨겨야 하나 잠시 고민했다.

"사는 김에 도하 것도 사지 그랬어."

"내가 도하선배 여자예요? 양다리 한번 걸쳐봐요?"

"아니. 그래도 너무 갑자기 갔다."

"아동용 21세기에 만나는 위인 씨리즈 한 꼭지 계약했거든요."

그거 받았다고 살림이 더 나아지는 것도 아니니 까짓거 다녀오자 했다고. 그런데 계약금이 비행기 삯밖에 안돼 노숙자처럼 다녀왔다고 한다.

"우리 『연가』가 십만부만 넘겨봐요. 전용기로 세계일주 할 거야."

영재는 그렇게 홀연히 떠났다가 돌아왔다. 아내는 글 쓸 때가 가장 좋다고 했고, 영재는 글 쓸 때가 가장 아프다고 했다. 그럼에도 아내는 소설이 일이라 했고, 영재는 놀이라고 했다. 일하지 않는 자 먹지도 말라고 했던가. 그러나 일하고 오든 놀다 오든 밥상이 준비돼 있는 건 마찬가지다. 일로 힘들었을 사람을 위해 침묵하는 밥상과, 있잖아 나 아까, 하며 이야기로 놀이를 확장시키는 밥상.

나는 아내처럼 보이고 영재처럼 살고 싶었나보다. 나와서 한잔하자. 마감이 있어서요. 낚시 한번 가자. 알아볼 게 있어서 어디 좀 다녀옵니다. 그래놓고 좋아하는 책이나 다큐를 보며 놀았다. 아내의 노트북 전원을 켰다. 사용자 유지연. 비밀번호 정수현. 설마 하고 눌러본 내 이름이었다. 하드에는 아내가 집필한 작품 말고는 아무것도 없다. 흔한 음악 파일이나 즐겨보던 동영상 파일조차. 아내가 채광창 옆에 결혼사진을 걸려고 했을 때, 내가 싫다고 했다. 예복 차림으로 나란히 있는 모습이 싫었다. 이걸 봐. 이 둘은 부부라고. 사진은 벽 대신 아내의 노트북 바탕화면을 채웠다. 저 붉은 보료. 아내가 글을 쓰다 피곤하면 잠시 눕기도 하고, 내가 잠자리를 불편해하면 올라와 누웠던 자리다. 동료들과 어울려 외출이라도 하면 좋으련만 딱히 교제하는 동료도 없었다. 나는 송부장에게 아내를 부탁하기도 했다.

"너무 집에만 있는 것 같아서."

"순진한 척 사람 부려먹는 꼴을 무슨 수로 보라고? 수현씨 알잖아. 우리 나름 서비스정신 투철한 사람들인 거. 근데 그거 즐기는 애한테는 더러워서 못해먹겠더라."

책날개에 실린 아내의 사진을 본다. 내가 직접 만나보기도 전에 이미 나를 선택한 사람. 내게 자신을 사랑하지 않아도 된다고 한 사람. 나는 아내가 아끼는 집에 있기만 하면 되는 거였다. 사고하는 소장품. 도대체 어떤 사고를 지녀야 사람을 그렇게 취급할 수 있는지. 어머니가 아내에 대해 말하기 전에 나는 이미 그런 생각을 했었다. 네가 감히 나를 소장품 취급해? 눈에 보이는 게 없구나. 너 사람 잘못 건드렸어. 그랬던 사람이 어느날 내게 보통의 남편을 주문했다. 아내에게 냅킨을 주고, 물을 따라주고, 젓가락을 챙겨주는 아주 사소한. '이봐'가 아니라 '여보'라 부르는. 다른 남편들에게는 쉬운 행동이 나는 쉽지 않았다. 끝까지 선후배나 갑과 을로 만났어야 했다. 아내가 작업할 때는 묘한 기류가 주위를 피막처럼 에워쌌다. 고도의 집중력으로 생성된 기운이었다. 쓰자 하는 순간 곧장 주변과 자신을 분리해 묵묵히 쓰는 것이다. 포탄이 떨어지는 거리에서도 충분히 쓸 사람이라는 생각이 들 정도였다. 그 점 존경했고 또 부러웠다. 소설가로 살다 소설가일 때 떠난 사람. 누구는 아내의 회고록을 쓰려고도 했다. 그러나 회고할 추억이 없었다. 내게도 의뢰가 왔지만 나도 쓸 수 없었다. 그들보다 더 아내를 몰랐으니까. 가엽다. 어떤 관에서 배양되어 일하기 알맞은 때 꺼낸 사람처럼 일 말고 다른 궤적이 없었다. 아팠든 빛났든 파란 학창시절도 있었을 텐데 그에 대해서도 말이 없었다. 내가 듣고 싶어하지 않았을 수도 있다. 그랬던 것 같다.

황사장의 도움으로 아내를 돌아보기로 했다. 호기심이든 뒤늦은 연민이든 아내의 유년을 조금이라도 들여다보고 싶었다. 그러나 만난 두 친척 남자에게서는 만족할 만한 소득이 없었다. 일원동에서 편의점을 하는 오십대 남자는 어린 아내와 한집에서 살기도 했지만 불편한 기억만 있었다. 장모가 어린 황사장을 친가에 데려다놓고, 자신은 아내와 함께 고향으로 내려간 모양인데, 그는 이 모녀에 대한 기억이 썩 좋지 않았다.

"자네, 중동 사기라고 알아? 중동에서 석유 파는 데 투자하면 노다지를 파는 거라고 난리였지. 거기에 아버지가 된통 걸렸네. 그때

지연 엄마도 아버지 통해서 돈을 넣었고. 그때부터 모녀가 상전으로 살았어. 지연이 얘가 웃겼지. 거짓말을 입에 달고 살았어. 걔 거짓말에 내가 아버지한테 엄청 맞았네. 아버지 돌아가시고 집 넘기면서 돈 해줬는데, 떠나면서 어머니가 찬장에 둔 동전까지 싹 쓸어갔다네. 그래도 우리 어머니가 그것들 안 보니 돌을 씹어도 소화가 된다고 했으니 뭐. 그러고 통 못 봤어. 그런데 신문에 나오잖아. 얘가 벌써 이렇게 컸구나 싶어서 전화했지."

"연락처는 어떻게 아셨습니까?"

"가게에 신문 대는 보급소 놈이 본사하고 줄이 있었나봐. 내가 유지연이 삼촌이다, 그랬더니 금세 알아보더라고. 그렇게 반가워하면서 집으로 오라데. 그래서 갔잖아. 용돈 하라고 이십만원을 주기에 크더니 철났구나 하고 왔지. 그 이십만원이 사단이었어. 지가 오라고 해서 갔고 차비 하라기에 받았어. 근데 내가 이천만원은 뜯어간 것처럼 말해. 황사장은 또 뭐여? 듣도 보도 못한 인간이 오빠라고 나타나서 지연이 계속 괴롭히면 감방에 넣겠대. 나 원 참. 죽은 애 가지고 뭐라고 하는 거 몹쓸 짓인데, 걔 죽었단 말 듣고도 눈물 한 방울 안 나왔어. 사람 안 변하나봐. 좋은 건 훔쳐서라도 지 것 만들고, 지 것 안되겠다 싶으면 부숴서라도 없앴던 애야. 똑같아."

아내의 녹록지 않은 어린 시절은 예상되나 공감할 만한 이야기는 딱히 없었다. 그저 듣고 또 듣는 그렇고 그런 이야기일 뿐이었다. 상도동에서 속옷대리점을 하는 남자 역시 마찬가지였다. 보아하니 살림이 힘든 일원동 남자를 핑계로 아내를 찾았다가 문전박

대를 당한 모양이다. 독한 시어머니도 단칼에 내려쳤던 아내다. 당숙집 몇째의 몇째 아들인 먼 친척쯤이야 아무것도 아니었을 것이다. 말끝마다 자신을 '집안 어른'으로 강조하는 것을 보니, 이 남자가 얼마나 거드름을 피웠을지도 알 것 같았다. 아내가 황사장을 끌어들일 정도면 보통내기는 아닌 게 분명하다.

"접근 금지? 어디서 집안 어른한테 그따위로 굴어. 내 볼 때 황사장도 그년한테 당한 거야. 나도 장사로 뼈 굵은 사람인데 그런 행동 함부로 못하지. 누님이 앞으로는 모르는 사람처럼 살자고 해서 참은 거야. 자네도 꽤 이름났더구먼 뭐하러 그런 년하고 결혼해서 고생하고 살았어. 쯧쯧쯧."

사탕 물고 종종 따라오는 예쁜 아이는 없었을까. 숙제 들고 달려오는 귀여운 아이는. 이들에게는 왜 미운 아이뿐인가. 죽은 아내가 증명할 수 없는 일을 숨기려 입을 맞춘 건 아닌지 의심스러울 정도였다. 어떻게 한 사람을 본래 나쁜 인간으로 정의할 수 있는가. 그런데 그들은 그렇다고 했다.

결국 상도동 남자가 말한 누님을 찾아야 했다. 아내에게 먼 고모뻘 되는 사람으로, 삼년쯤 함께 살았다고 한다.

"살다 살다 그렇게 욕먹고 사는 애는 또 첨 봐."

고모님은 그렇게 첫 운을 뗐다.

"보면 지연이가 크게 잘못한 건 없어. 고향에 살 때도 그래. 엄마가 애 맡기고 싸돌아다니니까 애까지 미운털이 박힌 거야. 그러다

그애 육학년 때 나 사는 곳으로 왔지. 저 구로에. 전학만 되면 나간
다더니 전학시켜놓고 애 엄마가 사라졌어. 한 삼년 데리고 있었는
데 꽹장했지. 저도 눈치가 있으면 미안한 척이라도 해야지, 대놓고
수업료 달라 차비 달라 하는데, 참 그렇더구먼. 나중에 그러데. 전
엄마가 돈 보내주는 줄 알았어요. 거짓말이지. 그랬으면 저한테 엄
마 연락처를 물었겠어? 저도 학교는 다녀야 했으니 그렇게 굴었을
수도 있는데, 하필이면 사춘기 때 데리고 있어서 좋은 기억이 별로
없네. 애 엄마가 데리고 갈 때는 내가 고맙다고 인사할 뻔했다니까.
하하하. 자네 내 사촌들 만났지? 지연이도 문제지만 상도동 동생이
더 문제야. 말이 좋아서 형님 생각하고 간 거지, 돈 좀 있는 것 같으
니까 한몫 챙기러 간 거야. 지연이가 저에 대해서 아무 말도 하지
말라고 신신당부하더니 괜한 게 아니었어."

"고모님은 먼저 아셨습니까?"

"걔 엄마는 잊힐 만하면 한번씩 연락했어. 근데 어느날은 지연이
가 전화했더라고. 엄마 죽었다고. 영감하고 가서 상 치렀잖아. 그때
그러데. 입 꾹 다물어달라고. 내 새끼들도 몰랐어. 그러고 또 소식
이 뚝 끊겼지. 그러다 동생들하고 험하게 싸우고 또 뚝 끊고. 아이
고, 이제는 나도 모르겠다 그러고 지냈는데, 결혼 앞두고 전화를 했
어. 친정 부모님 자리가 비었다고. 애 혼자 보낼 수 없어서 간다고
했지. 지연이가 참 좋은 한복을 해줬네. 근데 못 갔잖아. 우리 영감
이 그날 아침에 감전으로 죽어서."

"감전이요?"

"그날 비 많이 왔잖아. 전기 만지는 양반이었거든. 식장 갈 준비하고 있는데 영감이 공사해준 식당에 펌프가 나갔다고 연락이 왔네. 지하라 물을 펌프로 끌어올려서 버려야 하는데 거기에 문제가 생긴 거야. 영감이 얼마나 서둘렀는지 감전돼서 죽었어. 나 진짜 그렇게 죽는 건 또 첨 봐. 뭘 확 당기면서 그냥 고꾸라졌다데. 그 정신에 결혼식에 가겠나? 가도 망조 들어. 어떻게 다른 사람이라도 보내랴 했더니, 됐다고 전화를 딱 끊어. 그래놓고 나중에 와서 그래. 한복은 참 좋죠? 내가 한복 공짜로 얻으려고 서방 죽인 년 같더라니까. 아무리 못한 사람한테도 걸러야 하는 말이 있는 거야. 죽은 양반은 그렇다 쳐도 내 안부부터 물어야 사람이지. 그러니까 고 주둥이가 사람을 잡았어. 고 말 때문에 다들 학을 뗐다고. 혹시 장례식 날 우리 친척 누구 봤어?"

　"못 뵀습니다."

　"내가 안 갔으면 아무도 안 간 거야. 뉴스 보니 황사장하고 자네가 잘 보내줬더구먼. 그래도 가야지 가야지 하다가, 안 갔어. 주는 놈은 계속 주고 받는 놈은 계속 받는다고, 나도 곧 갈 텐데 그러고 가면 저승서도 뒤치다꺼리하겠더라고. 난 이제 못해. 나이 먹으면 다 내려놓고 곱게 늙을 것 같지? 아녀. 더 외고집이 돼가지고는 이놈! 하고 살아. 눈하고 귀가 어두워지잖아. 다 저 산 대로 남는 거야. 그거 죽는다고 변하지 않아. 자네도 이제 예쁜 사람 만나서 잘 살아."

봄비치고 꽤 많은 비가 내렸던 결혼식 날, 갑자기 집안 어른들이 못 오신다고 했다. 제주도에도 돌풍이 심한 비가 내려 비행기가 결항됐다고. 그날 나는 제주도 날씨까지 신경 쓸 겨를이 없었다. 그런데 고모님은 그때도 서울에 살고 있었다. 왜 그런 거짓말을. 차라리 식 마치고 나와 함께 조문을 다녀오는 게 더 나았을 텐데. 여하튼 그날은 아내를 탐탁지 않아한 어머니의 짜증까지 받아내느라 정신이 없었다.

"저게 신부 얼굴이냐? 넌 뭐 저런 걸 골랐어?"

"그만하세요."

"내 평생 이렇게 장례식 같은 결혼식은 처음이다!"

아내의 작업실을 찬찬히 둘러본다. 혹시 당신 지금 있나? 당신 물건 내 손으로 보내주는 게 낫지? 더 두어도 나을 것 같지 않네. 보료를 싸고 있는 붉은 보를 벗겼다. 그리고 보관된 아내의 작품 초판본을 모았다. 노트북에서 하드디스크도 분리했다. 디스크에는 미발표 작품도 있지만 어떤 말도 남기지 않았으므로 출간할 이유가 없다. 아내는 독자에게는 '작품'을 남겼고 주위 사람들에게는 '말'을 남겼다. 아내의 짐 정리를 마치고 황사장에게 전화를 걸었다.

"집사람을 정말 여동생으로 보셨습니까?"

"여동생으로만 봤다면 그렇게 못 했지. 어른들 잘 계시지?"

황사장도 크게 한번 방향을 틀어야 할 때였다. 자기계발 씨리즈로 출판시장에 무사히 안착은 했으나 문학출판사로의 입지는 좁은 편이었다. 한창 소설가들에게 공들이던 차에 아내가 나타났다.

눈 딱 감고 갑의 요구쯤은 들어줄 수 있었다. 어느 시대든 그 시대에 부는 바람이 있다. 아내는 그 바람을 타고 있었다. 황사장의 동물 같은 직관이었다. 좋은 바람인지 나쁜 바람인지는 시간이 흘러야 알 수 있다. 혹여 아내가 큰 바람을 탄 게 아니더라도 딱히 손해볼 것도 없었다. 안 팔리는 책을 한두번 만들어보나. 다행히 아내는 예상보다 더 큰 바람을 타고 있었다. 내가 처음 편집한 작품이 그해 출간된 소설 중 가장 높은 판매부수를 기록했을 정도다. 수익은 차치하더라도 독자들에게 A출판사 이름은 확실히 각인시켰다.

"나 자네, 처남으로 보고 부른 거야. 나도 처음에는 유선생이 기특하더라고. 잘 커서 왔구나, 내가 시집보내야지, 했다고. 둘이 잘 됐으면 했어."

아내의 끊임없는 전화와 메시지로 마음 편한 날이 없었다고 한다. 황사장이 전화를 꺼두면 그의 아내에게 했다. 오빠 전원 켜두라고 하세요. 두시에 전화합니다. 시누이면서 남편에게 갑인 아내에게 그녀가 얼마나 시달렸을까. 떠나기 전 자살을 암시하는 메시지를 황사장과 그의 아내에게 보냈다. 그러나 평소 자주 하던 말이었고 두 사람 모두 아내에게 질린 터라 어떤 행동도 하지 않았다. 그동안 이러저러한 취재로 여러 사람을 만났지만 아내 같은 경우는 없었다. 어떤 범죄자도 이렇지는 않았다. 말도 안되는 상황에서도 좋은 추억 하나쯤은 있었다. 멀리 생각할 것도 없다. 나는 어떤가. 거대한 거짓말 구덩이에 빠진 것 같다. 누가 누가 정수현을 잘 속이나.

"집사람이 제 어떤 모습을 좋아한 겁니까?"

"그냥 좋대. 얼마나 좋아했냐면, 가족이 되려면 같이 일하는 게 좋다고 자기 인세를 떼어서라도 주라데. 자네가 편집 일을 해야 우리가 자연스럽게 묶이잖아. 그런데 나중에는 하도 징글맞아서 자네한테 떠넘기는 심정으로 보냈네. 미안해."

그냥이라니. 씁쓸한 통화였다.

흰꽃

아내에게 영재와 함께 가려고 한다. 고약한 심보라 해도 좋다. 영재를 감추는 기분도 싫고 아내에게 몰래 다녀오는 듯한 찜찜함도 싫다. 내가 전화했을 때 영재는 동료들과 모임을 갖고 있었다. 머리도 식힐 겸 하루 신나게 놀려고 나왔다고 한다. 아무것도 하지 않는 것처럼 보이지만 늘 뭔가 하고 있어 자주 만나기 힘든 사람들. 우리는 그게 또 당연해 일년 만에 만나도 어제 본 것처럼 자연스럽다. 그동안 무엇을 했는지 물을 것도 없다. 어쨌든 움직였겠지. 특별한 일이 없으면 어제 도둑맞은 자전거 이야기로 웃는 것이다. 놀자고, 내게 먼저 전화하지 않아 좀 서운했지만 같이 움직일 수 있을 것 같아 그것으로 위안을 삼는다.

"송부장님하고 정현이랑 같이 있어요. 오실래요?"

"강화에 가려고."

"여기 와서 놀다가 나하고 같이 가요."

송부장, 송남주는 내 데뷔 초부터 최근까지의 작품을 거의 도맡았다. 내가 편집 일을 시작했을 때 여러모로 도움을 준 선배이기도 하다. 출판사와 작가가 문학적 관계 이전에 경제적 관계임을 가감없이 보여주는 바람에 당황도 했다.

"좋은 작품 내면 좋지. 자부심도 생기고. 근데 자부심 때문에 내 식구들 허리를 졸라맬 순 없잖아. 이번에는 처음이니까 넘어가는데, 앞으로는 작가가 말하지 않는 조건은 절대로 먼저 제시하지 마. 받아들일 조건이라도 텀을 두고 받아주라고."

"그분한테 이 정도는 해드려야 하지 않습니까?"

"우린 사(社)고 그분은 가(家)야. 잊지 마. 둘 다 문학에 대한 애정으로 출발했대도 태생이 달라. 작가로서는 당연히 존경하지. 근데 이게 사로 오면 말이 달라져. 대우해드리고 그만큼 뽑아내. 수현씨가 책임지라고."

내게 갑의 형편이 먼저 피부에 닿아 있을 때 송부장이 한 충고다. 을은 갑의 작품을 기반으로 경제활동을 하는 집단임에도 막상 갑의 입에서 계약서나 저작권 같은 말이 나오면 이상하게 불편하다. 글로 장사하면서 글쟁이가 돈에 관해 말하면 거부감 먼저 드는 것이다. 뭐야, 이 사람. 장사꾼이라는 말은 더 듣기 싫어한다. "내가 진짜로 장사하려고 덤볐으면 출판사 안했어." 황사장이 자주 하는 말이다. 그러나 사원들을 쪼는 걸 보면 단단히 마음먹고 덤볐지 싶다. 반면에 계약서를 내밀면 "전 그런 거 잘 모르니까 선생님이 알아서 해주세요" 하는 동료를 만나면 순수한 것인지 순진한 것인지 답답하기도 했다. 돈 때문에 문학 하는 거 아니에요. 그럼 무가지로 뿌리든가. 진짜 갑은 당신이 아니라 저 을이라고. 을이 당신을 위해 대체 뭘 알아서 해줄 것 같아? 이들에게 진짜 갑은 열 손가락을 다 못 채우네. 적어도 당신 피 같은 작품이 누구한테 어떤 가치로 어떻게 사용되는지는 알아야 할 것 아냐. 내가 송부장에게 그런 의중을 내비치면 혹시 갑들이 보낸 프락치 아니냐며 구박을 하기도 했다.

"수현씨, 우린 땅 파서 장사해?"

"갑은 못 사는 땅, 을은 삽디다."

내가 맥줏집에 나타나니 송부장이 좀 놀랐나보다.

"이게 누구야, 수현씨!"

"왜 대낮부터 술이야."

"작가님들 핑계로 놀러 나왔지. 접대도 일이다! 하하하."

나는 정현 옆자리에 놓인 가방을 뒤로 치우고 앉았다. 정현이 곁눈으로 나를 본다. 신인 특유의 긴장감이다. 나도 저때는 언론에서만 보던 선배를 직접 보면 몸이 굳어 인사도 제대로 못했다. 올해 신춘문예로 등단했는데 영재를 잘 따르는 모양이다. 영재가 동생처럼 예쁜 친구라고 말한 적이 있다. 정현씨, 반가워요. 내 인사에 정현이 수줍게 네, 한다. 앞에 앉은 영재가 씨익 웃는다.

"술 많이 했어?"

"살짝 흑맥주 두 병. 닭찜 먹었는데 좀 짰어요."

영재가 음식에 토를 다는 집도 있다. 그 닭찜집은 가까운 시간 내에 문을 닫을 것이다. 영재가 저런 말을 할 정도면 보통 사람은 거의 손도 못 댈 테니. 이른 시간부터 맥주를 마시는 이 사람들이 이해됐다. 송부장이 내게 여긴 어떻게 알고 왔느냐고 묻는다.

"영재가 오래."

"서작가가 왜?"

"단편 하나 주더니 종처럼 부려."

"정수현을 종처럼 부린다고? 난 이래서 서작가가 마음에 들어. 거침이 없어."

하하하하. 송부장의 말에 영재가 흑맥주병을 잡고 자지러지게 웃는다. 눈에 눈물이 그렁그렁하다. 후후후. 영재가 담배를 물었다. 전에 내가 권한 담배다. 나는 영재에게 불을 붙여주고 나도 하나 물었다. 그리고 여자들의 수다를 듣는다. 택배는 왜 머리 감을 때만 오는지, 한글 프로그램은 왜 수시로 'fms'를 소환하는지, 올리고당에 왜 설탕이 들어가는지, 정수현이 한번에 말할 수 있는 최대 글자 수는 몇 자인지 따위의. 하하하. 웃다가 담배연기에 사레가 들렸다. 세 사람은 내게 동의도 구하지 않고 게임을 시작했다. 내게서 가장 긴 답을 얻는 사람이 승이다. 질문은 단 한번. 정현이 먼저였다.

"마음에 있는 여자한테 처음 고백하실 때 뭐라고 하셨어요?"

"너 단편 하나 쓰자."

"대상이 너무 포괄적이잖아요. 보통 때는 뭐라고 청탁하시는데요?"

"단편 원고 하나 부탁드려도 되겠습니까?"

아 — 하고 정현이 고개를 끄떡인다. 이번에는 송부장이다.

"다음 작품 첫 문장은?"

"너를 봤어."

새 작품을 쓴다면 그렇게 시작할 것이다.

마지막으로 영재가 물었다.

"여기 화장실이 어디예요?"

"밖으로 나가서 엘리베이터 오른쪽으로 쭉 가."

영재가 키득키득 웃으며 일어나 화장실로 갔다. 정현도 일어나 영재를 따라간다. 딱히 궁금한 건 아닌데 눈에 띄면 의아한 사소한 미스터리. 여자들은 왜 화장실을 같이 다니는가. 전에 한 기사에서 여자들이 공중화장실을 이용할 때는 둘 이상 가는 것이 안전하다 는 내용을 보았다. 치안의 문제였군, 하며 의구심을 얼추 마무리할 무렵, 어느 여선배로부터 더욱 이해하지 못할 말을 들었다. 친구 가 는 김에 가서 미리 해결하고 오는 거지. 이런, 여자들은 요의에 상 관없이 소변 배출이 가능한가? 참는 건 어찌해본다지만 미리 배출 하는 게 어떻게 가능한가. 그래서 어머니가 먼 길 가기 전에는 미 리 오줌을 누고 오라고 했던 것인가. 그때 송부장이 테이블을 톡톡 쳤다.

"둘이 언제부터야?"

"뭐가?"

"귀신을 속여라. 수현씨가 여자 이름을 그렇게 부른 적 있냐? 잘 어울린다. 예쁘게 만나라. 근데 혹시, 서작가가 만든 음식 먹어봤어?"

후후. 나는 송부장의 잔에 맥주를 따르며 고개를 끄떡였다.

"나, 서작가가 해준 백숙 먹다 죽을 뻔했어."

"왜?"

"백숙에 올갱이 들어가는 건 어느 지방 음식이야? 갈아서 넣었는지 색깔도 이상해."

"응용했을 거야."

"응용? 글은 참 좋은데…… 근데 수현씨 술 안 마시네?"

곧 아내에게 가야 한다고 했다.

송부장이 천천히 고개를 끄떡이고 술잔을 기울였다.

"집사람이 아직도 밉나?"

"밉기는. 유작가는 갑 값은 했잖아. 갑 값도 못하면서 특급 갑처럼 구는 게 문제지. 어떤 때는 나도 하나 죽도록 써서 데뷔할까 싶더라고. 하하하."

"근데 왜 그렇게 집사람 작품은 안 맡은 거야?"

그게 그렇더라, 하며 송부장은 한숨부터 쉬었다. 아내는 소위 잘 풀린 케이스였다. 무명시절이 짧았고 독자와 평단으로부터 빠르게 주목받았다. 이십대 후반부터 베스트셀러를 냈으니 출판사들이 눈독 들이는 것은 당연했다. 그렇게 서른을 넘기고 드디어 A출판사로 오게 된다. 이 바닥이 워낙 좁아 편집자들 사이에 안 좋은 말도 돌았지만, 출판시장이 날로 힘들어지고 있는 상황에서 힘찬 활어가 들어온 건 분명했다. 당시 편집장이던 송부장은 몇몇 편집자와 함께 아내와 식사하는 것으로 안면을 텄다.

"나 유작가한테 완전히 속았잖아."

"뭘?"

"유작가가 말을 얼마나 차근차근하게 하니? 우리 그때 홍미나 작가하고 접촉하고 있었잖아. 연배도 비슷하고 인지도도 비슷해서, 저쪽에서 유작가 잡으면 우리는 홍작가 잡자, 그랬거든. 열심히 공들이고 있는데 유작가가 온 거야. 그래도 홍작가하고 이야기가 오가던 중이라 둘이면 더 좋지, 그랬다고."

그런데 아내가 홍작가와 잘 아는 사이인 것처럼 묘한 말을 흘렸다. 작가입네 바람 들어 여기저기 계약서만 쓰고 집중도도 상당히 떨어졌더라, 그런 식이면 바닥 보이는 거 한순간이다…… 그래서 송부장은 홍작가를 경계할 수밖에 없었다. 출판사도 작가들이 어디서 무슨 계약을 하는지 잘 알 수 없다. 잘못했다가는 계약금만 내주고 세월아 네월아 하는 작가를 만날 수도 있다. 설마 괜히 한 말은 아니겠지 주춤하다 결국 홍작가를 놓쳤다. 심지어 당시 철없는 한 신입 편집자는 아내의 말만 믿고 어느 수상식장에서 대놓고 홍작가를 무시했다가, 홍작가가 A출판사는 쳐다보지도 않게 만들었다. 어떤 작가는 출판사에서 해외여행을 보내줬다더라,는 말이 오가는 중에, "선생님은 글이나 열심히 쓰세요"라고 한 것이다.

"그때부터 신입 들어오면 행동강령 확실히 교육시키잖아."

영재가 내게 혹시 친하냐고 물었던 홍미나 작가. 아내와 그런 사연이 있었다.

"나중에 홍작가한테 물어보니까 둘이 친하지도 않아. 말끝마다 사석에서 어쩌고저쩌고 하기에 둘이 원고라도 교환해서 보는 사인 줄 알았어. 홍작가도 친한 편집자한테 들어서 알고 있었는데 그나마 선배라 웃어넘겼다더라. 근데 유작가가 사내정보를 어떻게 그렇게 잘 알았는지 몰라. 난 지금도 신기해. 수현씨하고 결혼하기 전에도 내부정보 다 알고 있었어. 우리 머리 꼭대기에서 놀았다니까."

그때는 황사장이 아내를 무척 신뢰하고 있었으니까. 아마 괜찮은 동반자쯤으로 봤을 것이다. 송부장은 아내와 황사장의 관계를 모른다. 앞으로도 그러겠지. 송부장 성격에 아내에게 뭐라고 좀 해야 하는데, 부수 실적에 강력한 영향을 주는 갑이니 벙어리 냉가슴 앓듯 지냈을 것이다. 송부장이 말한다. 아내는 어떤 외상으로 거짓말이 습관화된 게 아니라 그것을 태초의 언어로 가지고 태어난 사람 같았다고. 그렇지 않고서야 그 정도 자리에 있는 사람이 대번에 들통 날 거짓말을 그토록 얌전하게 할 수 있겠느냐고. "난 그렇게 생각했어요" 혹은 "내가 그랬다고요?" 하며 자신의 거짓말을 진실로 믿거나 기억조차 못하는 뻔뻔한 증세까지 보였다고.

"유작가로 편집 경력 쌓을 일도 없고, 그래서 안 맡았어. 그리고 유작가가 처음부터 수현씨 지목했잖아."

그러면서 난데없이 이야기를 하나 해준다.

"숲에서 야구시합이 있었어. 투수 원숭이가 공을 던지려는데 뒤가 자꾸 이상해. 1루로 진출한 달팽이가 베이스 조금 앞에서 움직이는 것 같기도 하고 가만히 있는 것 같기도 한 거야. 견제구를 던져야 하나 말아야 하나 고민하다가 달팽이한테 가서 물었어. 너 뭐 하냐? 그랬더니 달팽이가 그래. 도루 중이야, 마!"

이게 바로 송부장이 말하는 스타일이다.

"수현씨가 그래. 절대로 못할 것 같은데 보면 꼭 하고 있어. 연애는 잘해요."

"충고도 잘하지."

"무슨 충고?"

"영재야, 다른 좋은 출판사도 많다."

"그럼 내가 말해주지. 알고 보면 어딜 가나 똑같습니다. 그나마 정수현 있는 데가 좋은 곳입니다. 하하하."

영재와 정현이 돌아왔다. 나는 바로 자리에서 일어났다.

"영재야, 가자."

정현이 앉을까 말까 주춤한다. 앉아요. 정현이 앉는다.

송부장이 눈빛으로 얼른 가라고 한다. 나는 영재를 데리고 나왔다.

영재가 가방에서 A4용지를 한장 꺼냈다. 내 전화를 받고 맥줏집에서 구했다고 한다. 그것을 가는 길 내내 접고 찢고 말아 작은 꽃으로 완성했다. 국화꽃인지 장미꽃인지는 알 수 없다. 잎 끝을 물결처럼 잘라 돌돌 만…… 어쨌든 흰 꽃이다.

"난 죽어서도 이 종이는 잊지 못할 것 같아요."

우리는 A4용지를 토할 만큼 들여다보는 사람들이다. 모니터 상으로만 확인한 원고를 용지에 첫 출력할 때의 설렘은, 막 샤워를 마치고 욕실에서 나오는 연인을 보는 것과 흡사하다. 비로소 본격적인 전투가 시작되는 순간이기도 하다. 두툼한 원고가 머릿속에서 병풍처럼 차르르 펼쳐 보일 때까지 싸우는 그 지난한 과정이라니. A4용지 없는 곳에서 죽고 싶다 할 정도다. 가끔 아무것도 인쇄되지 않은 A4용지를 보면 울컥하기도 한다. 얼마나 지긋지긋하게 붙어사는지 애증 같은 것이다. 아내도 그랬겠지. 반갑겠군.

"선배님, 혹시 죽은 뒤 생각해보셨어요? 우리 죽어서도 쓸까요?"

"생각해보니까 안 쓰고 온 게 있군, 할 때는 쓰겠지."

"어떻게요?"

"나라면 네 손을 빌려서 쓸 거야."

"꼭 그분이 돼서 오세요. 나 먼저 죽으면 그땐 내가 선배님 손 빌릴 테니까."

나는 지금 영재와 함께 아내에게 가고 있다.

소각장에서 아내의 물건을 태운다. 한권, 두권, 세권…… 모두 열두권이다. 저 한권을 내려면 얼마나 긴 고독한 시간과 싸워야 하는가. 그런데 사라지는 것은 참 빠르구나 싶어 헛헛한 웃음만 나왔다. 타오르는 불꽃 위로 붉은 보를 올린다. 아내가 안방 침대보다 더 자주 누웠던 보료다. 분명 살과 뼈로 이루어진 실체로 살았음에도 허상처럼 기억되는 사람. 모든 것을 거두어갔다 할지라도 누군가에게는 떨쳐낼 수 없는 묵직한 존재로 남았을 만도 한데, 모든 것이 휘발된 것처럼 무형의 존재로 남았다. 지루한 긴 여름 밤 이불 속에서 듣다 잠들어버린 이야기. 그래, 그렇지, 추임새까지 넣고 들었음에도 눈뜨면 그랬던 것조차 망각되는. 내가 그날 밤에 얘기해줬잖아. 맞다, 들은 것 같다. 불쑥불쑥 표정 없는 얼굴로 날 찾으면 나 역시 그래, 당신이 내 아내였지, 하고 맞았던 것이다. 그 쓸쓸한 존재가 가여워 묵묵히 지켜보다가도 그것이 곧 내 모습 같아 그만 왔으면 하고 바랐다. 소설가로 살면서 그만한 명성을 누리기도 힘든데 그렇게 산 삶마저 실제로 느껴지지 않는다. 거짓말 같은 삶. 에이, 그런 사람이 어디 있어? 아내는 졸음을 쫓으며 들은 이야기 속에 존재하는 인물처럼 살다 떠난 것이다. 이제 아내의 책은 재로, 붉은 보는 검은 덩어리로 남았다. 영재가 운다.

"괜찮아. 울지 마."

그런데 영재는 괜찮지 않다고 한다.

"그럼 풍악이라도 울려요? 좋은 데 갔으니 괜찮다고 하는 사람들 웃겨. 좋은 곳에 있는 사람은 그립지도 않나? 울지도 말고 웃지도 말고 시체보다 더 시체처럼 서서 잘 가세요, 그러면 끝인가? 사람이 죽었는데 안 울면 도대체 언제 울어요? 유선배님 난 좀 무서웠어요. 사진 보면, 오늘 죽어도 상관없고 내일 죽어도 상관없는, 세상이 하나도 재미없는 얼굴이었다고요. 맘 잡고 가실 거면 미친 척 재미있게라도 살다 가셨어야죠. 거기서는 아프지 말고 재미있게 지내세요."

영재에게서 단편에서 본 아이가 보인다. 흰 꽃을 들고 상여꾼의 만가를 불렀었지. 상여가 가는 반대 방향으로 앉아 고인의 삶을 애도하는 것이다. 나는 아내의 유골함 앞에 하드디스크를 놓았고, 영재는 사진 옆에 흰 꽃을 놓았다. 분명 내가 들여다보지 못한 삶의 행간이 있을 것이다. 주변인들과 나눈 대화만으로 아내를 정의하는 건 조금 위험하다. 물론 나는 그들의 증언을 가감 없이 믿는다. 그러나 만일 아내가 동석했다면 또다른 이야기가 나왔을지 모를 일이다.

"사람들은 원래 나 싫어해요."

언젠가 아내가 한 말이 지금 한 말처럼 또렷하게 떠올랐다. 언제 그 말을 했는지 왜 했는지 모른다. 역시 그 말에 내가 어떤 반응을 보였는지도 모르겠다. 안타깝다. 아내는 아주 어릴 때부터 그런 생각으로 살았나보다. 그러니 나도 당신들 싫어, 하는 것이다. 그 싫음이 질투로 무시로 폄하로 이어졌다. 잘해줘도 싫어하고 못해줘도 싫어한다면 마음에 있지도 않은 친절 따위 베풀 이유가 없는 것이다. 진실을 말해도 거짓을 말해도 결과는 마찬가지였다. 그걸 꼭 그렇게 말해야 돼? 내가 틀린 말 했어? 그거 사실이 아닌 것 같은데? 그래서 어쩌라고. 사람들이 아내와 말을 섞지 않은 이유다. 이타성이 전혀 없는 아내의 언행을 묵묵히 참아주기에는 세상이 이미 너무 피곤했다. 아내는 나를 그나마 자신을 덜 싫어하는 사람으로 본 모양이다. 함께 일하며 때로 황사장이 준 티켓으로 음악회를

가거나 영화를 보았다. 참 얌전했는데. 그러나 아내는 자신의 본모
습을 내게 너무 빨리 보여주었다.

결혼한 다음해, 나는 E신문사 신춘문예 소설 부문 심사를 했다.
당선자는 나이는 어려도 세상을 보는 눈이 깊었고 건강한 세계관
을 가지고 있었다. 무엇보다 눈치 보지 않고 거침없이 써내려간 패
기가 좋았다. 그해 여타 신문사 당선작보다 그녀의 작품이 더 뛰어
났다고는 할 수 없어도, E신문사 투고작 중에는 가장 나았다. 심사
단의 공통된 의견이었다. 나는 그녀에게 또다른 단편을 받아 A출
판사 계간지에 실었고, 역시 또 한편을 받아 기성들과 함께 앤솔로
지로 묶었다. 그러나 그녀는 출간 기념 식사자리에는 나오지 않았
다. 그뒤로도 눈에 띄게 나를 피했다. 보자고, 억지로 불러내 겨우
만났다.

"반반하게 생겼네. 근데 얼굴로 글 쓰는 거 아냐."

아내가 그녀에게 그렇게 말했다고 한다. 나와 그녀의 관계를 의
심했을 수도 있고, 나와 함께 거론되는 것이 싫었을 수도 있다. 그
녀의 심정이 어땠을까. 내가 어느 선배에게 여럿 여자 후렸겠어,라
는 말을 들었을 때와 비슷했을까. 사내들이야 때에 따라 유쾌하게
받아들일 수도 있지만 그녀는 그러하지 않았을 것이다. 역시 섬광
처럼 아내의 빈정거림이 꽂혔다. 그러나 남부러울 것 없이 잘나가
는 중견이 단편 몇편 발표한 자신에게 그러해야 할 이유를 찾지 못
했다. 그녀는 그저 웃어넘겨야 할 상황이라고 판단했다.

"제가 얼굴도 되고 글도 되는 작가 한번 돼보겠습니다!"

"너 스타 아냐. 얼굴 꾸밀 시간에 한 줄이라도 더 써. 꼭 너 같은 애들이 작품보다 표지사진을 더 신경 쓰지. 작가가 연예인인 줄 알아?"

그녀는 그렇게 터무니없이 호된 문단 신고식을 치른 것이다.

"뭐라고 좀 하지 그랬어요?"

대단한 강단이 아니면 그럴 수 없다는 걸 알면서 그렇게 말했다. 화가 났다.

"할 거예요. 언젠가 반드시. 좀 쓴다 소리 들으려면 미간에 힘주고 우중충해 보여야 해요? 문학판이 못생긴 자들의 천국이냐고요. 작가들은 먹고 자는 시간 빼면 글만 써요?"

그녀가 얼마나 많은 상처를 받았는지 충분히 짐작할 수 있었다. 그녀는 앤솔로지를 마지막으로 더는 A출판사에서 작품을 발표하지 않았다. 아내에게 물었다.

"어린 친구한테 왜 그래?"

"어린애들이 더 무서워요. 나이 어린 걸 무기로 알거든요."

"당신도 그때 무기 좀 휘둘러보지 그랬어?"

사람을 저렇게 대할 수도 있구나. 전에 개천에서 나오려는 사람은 손을 잡아줘야 한다고 한 말은 진심이 아니었다. 아내는 개천에서 나오려는 사람 손 뿌리치고, 끌어당기려는 사람 손 잘라내고, 홀로 올라오는 사람 짓밟는 사람이었다.

"질투를 좀 세련되게 할 순 없나?"

"내가 뭐가 아쉬워서 그런 애를 질투해요?"

질투는 가진 게 많을수록 심하다. 아내는 자기 것이 줄어드는 것을 빼앗긴다고 생각했다. 그래서 자기 것을 지키기 위해 밟는다. 그녀에게 아내를 위한 어떤 변명도 하지 않았다. 아내에게 이런저런 사연이 있어 그런 성격이 될 수밖에 없었네, 자 이제 관대를 베풀게,라고 할 자신이 없었다. 과잉 관대다. 개인 사연으로 타인이 치욕을 당할 이유가 없다. 관대와 사과는 같이 이루어져야 한다.

"힘들어도 끝까지 버티세요. 그게 이기는 겁니다."

내가 해줄 수 있는 조언은 그뿐이었다. 아내가 짓밟으려 무진 애를 써도 끝내 살아남아 제 영역을 다진 홍작가처럼 그녀도 버텨내길 바랐다. 아내가 아끼고 믿는 사람들은 그녀의 작품 속에만 있다. 자신이 만든 세계에서 자신이 만든 인물과만 소통했다. 그러니 밑바닥까지 내려간 처절한 삶이라도 기어이 손잡아 끌어올리는 것이다. 다만 『피리 부는 소녀』는 예외였다. 아내는 소녀의 손을 놓았고 자신도 떠났다. 어쩌면 구상단계에서부터 죽음을 준비했는지 모른다. 혹시 다시 만나면 허심탄회하게 이야기 좀 해봅시다. 우리 왜 그렇게 살았는지.

"유선배님이 나한테 정선배님 보냈죠?"

영재가 아내의 사진을 뚫어지게 보며 말한다. 나는 아내와 대화하는 영재를 지켜본다. 좀 모자라 보이기도 하고, 영(靈)과 대화를 나누는 신성한 아이처럼 보이기도 한다. 대충 정리하면, 신랑을 사랑하는 각시가 먼저 세상을 떠나면, 홀아비 되지 말라고 새 각시를 주고 간다는 내용이다. 그러고 보니 신기하게도 영재가 집으로 온 다음부터 아내는 더이상 모습을 나타내지 않았다. 마치 영재를 허락하고 떠난 사람처럼 사라졌다. 영재가 내게 아내의 말을 전한다.

"잘 지켜서 넘겼으니까, 이제 나보고 잘 지키래요."

"영재야."

"네?"

"너 좀 모자라지?"

영재가 미간을 찌푸린다. 안아버렸다. 참 따뜻하다. 아내가 꾸민 집으로 영재가 들어왔을 때의 그 편안함을 잊을 수 없다. 아늑하고 꽉 찬 느낌. 그리고 오늘 아내 앞에서 영재를 안고 있다. 그럼에도 어찌 이리 편안할 수 있는가. 아내가 보낸 것이어도 상관없고 그렇지 않아도 상관없다. 내가 이렇게 꼭 안고 싶은 여자는 오로지 영재일 뿐이다.

"첫 부인하고 첫사랑하고 함께 있는 기분이 어때요?"

"좋지."

"순서가 뭐 이래?"

나는 영재를 데리고 납골당을 빠져나왔다.

재교까지 마친 교정지를 출판사에 넘기고 인주를 만났다. 지금껏 작품에 발문을 넣은 적 없지만, 이번 작품은 눈 밝은 사람이 먼저 봐주는 것도 괜찮겠다 싶었다. 인주가 흔쾌히 승낙했다. 나는 인주의 잔에 맥주를 따랐다.

"긴장되는데요. 워낙 오랜만에 발표하셔서 눈독 들인 사람도 꽤 될 텐데."

"긴장은 무슨. 너 하던 대로 해. 졸형 리뷰처럼 막판에 뻘짓 말고."

"도하형 흉내 좀 낸 건데, 말 많은 동네라는 걸 깜빡했습니다."

"인주야."

"네."

"내 여자 귀찮게 하지 마."

인주는 놀랄 만큼 빠르게 상황을 판단했다.

"죄송합니다."

"그러니까 발문 써."

인주가 내 잔에 맥주를 따른다. 항간에 지적인 인물로 알려져 자신의 한마디가 대단한 영향력을 가지는 것으로 알고, 불필요한 특권의식으로 종종 실수는 하지만 변명에는 서툴다. 적어도 염치는 있어 뻔뻔하지 않다. 실수마저 그럴싸한 이론과 현학적 표현으로 박박 우기지 않는 것이다. 내가 인주를 멀리하지 않는 이유다. 인간적이지 않은가. 깍지 낀 채 고개를 푹 숙이고 있는 게 무언가 만감이 교차하는 표정이다. 일면 도하와 영재를 한수 아래로 보고 쉽게 던진 말일 수도 있고, 어쩌면 인주도 내가 그들에게서 본 것을 이미 봤을지 모른다. 그래도 지나치게 앞서갔다. 자식.

"마셔."

"영재한테 미안하다고 전해주세요."

"니가 해, 인마."

나의 신작『들꽃 아이』출간 기념 작가와의 만남 행사가 마련됐
다. 도하가『졸지에 빠른 형』으로 만남을 가졌던 곳이다. 사회는 발
문을 쓴 인주가 맡았다. 좌석에 맞춰 초대장이 발부돼 혼잡스럽지
않고 다복한 모임이다. 객석은 일층 홀만 사용하고 이층은 관계자
석으로 일반인의 출입을 막았다. 도하와 영재는 내가 앉은 단상에
서 마주한 이층 발코니석에 앉아 있다. 두 사람은 일층에는 관심을
두지 않고 초코무스케이크와 팥빙수에만 열중하고 있다. 인주가
말한다.『들꽃 아이』를 터닝 포인트로 제2의 정수현의 세계가 열
렸다고. 후후후. 까페를 둘러본다. 문학까페답게 벽면은 물론 구석
구석 자투리 공간까지 책장이 놓였다. 아주 어렸을 때 이와 비슷한
집을 꿈꿨었다. 그런 집에 살면서 읽은 책을 뒤집어놓으면 다 뒤집
힐 때까지 얼마나 걸릴까, 하는. 지금 거실과 서재에는 벽돌더미처
럼 책이 쌓여 있다. 내게서 더이상 글이 나오지 않으면 차 한잔 곁
에 두고 그동안 읽지 못했던 책을 읽으며 노후를 보내고 싶었다.
역시 꿈은 이루기 힘든 모양이다. 누구는 내게 꽃을 주고, 누구는
손수 구운 쿠키를 주었다. 왜 이제야 저들이 내는 붉은 홍조가 보
이는 것일까. 설레고 따뜻한 시선을 오롯이 읽는다. 무언가를 열심
히 적던 여성과 눈이 마주쳤다. 나는 웃음으로 답례한다. 그녀가 급
히 고개를 숙였다. 분위기가 좀 무거워졌는지 인주가 또 실없는 말
을 한다.

"제가 이 형님을 살짝 싫어했습니다."

인주의 말에 몇몇 사람들이 우— 야유로 답했다.

"나도 한 이십년 쓰면 이 형만큼이야 쓰겠지 했는데, 이번 작품을 보니까 그게 세월로 되는 게 아니지 싶습니다. 그래서 조금 더 싫어졌습니다. 하하하하."

자식이 혼 좀 냈다고. 뜨겁다. 물을 마셔도 목이 식지 않는다. 더운 날 멀리서 달려와준 독자들이 고맙고, 나는 참 행복한 작가였구나 싶어 목이 메었다. 어딘가에서 누가 그런다. 너무 잘 생겼어요! 그에 내가 답한다.

"제 책 판매의 팔할은 얼굴이지 싶습니다."

하하하. 내가 참 많이 변했다는 것을 느낀다. 전에는 그런 말을 들으면 조금 불쾌했다. 글 쓰는 사람에게 왜 외모에 관한 이야기를 하는가, 하는 얄팍한 자존심이었다. 그러면서도 쑥스러워 뭐라 답해야 할지 고민하다 분위기만 무겁게 만들었다. 나와의 만남은 늘 무겁고 어떤 재미없는 강의처럼 녹녹했다. 내가 그러니 독자들도 그럴 수밖에. 농담이라도 하면 큰일 나는 줄 알고, 소설, 소설, 소설에 관한 이야기만 했다. 정수현을 보러 온 사람들에게 소설만 보여준 것이다. 그런 나를 윤도하, 서영재, 이 두 사람이 변화시켰다. 살면서 만난 소중한 사람들. 예정된 시간이 끝날 무렵 한 여성이 손을 들었다.

"전에 인터뷰에서 다시는 결혼하고 싶지 않다고 하셨는데, 지금도 그러세요?"

결혼. 나는 숨을 한번 고르고 대답한다.

"좋아하는 사람이 있습니다."

사람들이 지금까지 보지 못한 매우 반짝이는 눈빛으로 나를 주시했다.

"내 것은 다 가졌으면 좋겠는 사람이, 지금 있습니다."

뜻밖의 대답이었나. 예상치 못한 큰 박수를 받았다. 이층을 올려다본다. 영재가 칸막이에 턱을 대고 내게 짧은 키스를 보낸다. 후후후.

"여러분 모두 행복하십시오. 고맙습니다."

그렇게 마쳤다. 인주가 싸인회 안내를 한다. 잠시 쉬었다가 십분 뒤에 싸인회가 있겠습니다. 내가 이층으로 올라오자 영재가 가방을 치우고 옆자리를 비운다.

"재밌었어?"

"선배님이 길게 말하는 게 신기했어요."

"똘재야, 다 준다잖아. 일단 지갑부터 달래봐."

하하하. 나는 영재의 어깨를 꼭 감쌌다.

"진하게 공개했다 그거야? 자리 피해줘?"

도하가 포크를 케이크 한가운데에 팍 꽂는다.

"뭘 피해? 맨날 훔쳐보면서."

영재가 틱 쏘아 말하고 다시 초코무스케이크를 먹기 시작했다. 단것을 좋아하지 않는 내게는 권하지 않는다. 나는 케이크에 열중하는 두 사람을 본다. 역시 첫 접시는 아니지 싶다. 둘은 정말 참 잘 먹는다. 인주가 이층으로 올라왔다. 영재가 인주를 맞았다.

"인주선배, 오늘 진행 좋더라."

"난 펜이 아니라 마이크를 들었어야 했어."

그러면서 물컵을 들고 곁눈으로 도하를 슬쩍 본다.

"지랄하고 자빠졌네. 넌 니 좆을 들었어야 했어, 씹새야."

"미안하다고 했잖아. 후배에게 자비를 베푸세요."

"니 자비(慈悲)는 니 자비(自費)로 베푸세요, 뜨거운 후배님."

후후후. 인주녀석, 왜 하필 도하를 건드려서는……

인주가 곧 싸인회 시작이라며 서두르라고 한다.

"내려갔다 올게."

"형, 그 자식 팔할은 섰다."

바지 앞섶을 내려다본다. 저 자식…… 늘 당하면서 역시 또 당한다.

"순진하긴. 형은 애가 만든 그 잡한 음식을 먹고도 서? 난 애가 완전히 맛 갔어. 똘재야, 너 그거 한번 더 만들어서 인주새끼 갖다 줘라. 주고 튀어. 저 새끼 맛보면 너 물어."

깔깔 웃던 영재가 계단을 내려가는 나를 서둘러 부른다. 왜?

"파이팅."

그러면서 주먹 쥐듯 살짝 오므린 손가락을 살살 비빈다. 붙어 앉아 이야기하며 내 고환을 가지고 놀 때 하는, 나만 아는 동작이다. 몸무게 몇이에요? 칠십이 킬로. 칠이…… 왜? 문 비밀번호 바꾸려고요. 선배님 앞 나 뒤. 넌 몇인데? 비밀이라는 말 모르세요? 하하하, 아퍼. 미안, 미안. 만지지 마요? 아니. 나 바쁠 때는 직접 열고 들어오세요. 나도 내 집 대문 열쇠를 영재와 같이 무게 있는 번호로 바꾸었다. 언제든지 와. 이야기 중 내게서 불쑥 아! 낮은 탄성이 튀어나오면 영재가 입을 맞춰준다. 그것은 상상이나 환상처럼 저 먼 감각이 아니다. 영재의 손안에서 노는 생생하고 실제적인 내 고환과 성기의 감각이다. 그리고 내 손이 기억하는 영재의 부드럽고 촉촉한 사타구니. 여자들은 자기 몸무게는 일이 킬로 줄여 말하고, 다른 여자는 일이 킬로 늘려 말한다는데, 맞나? 남자들은 자기 건 일이 쎈티 크게 말하고, 다른 남자 건 일이 쎈티 작게 말한다는데, 맞아요? 그게 그런 거였군. 그런데 전에 싸우나에서 보니까 시 쓰는 도욱이 물건은 정말 대단하더라. 진짜요? 잠깐, 거기! 하고 잠시 눈감고 낮은 숨소리를 내는 영재에게, 나도 입을 맞춰준다. 너, 누구거 상상한 거니? 뭐요? 영재야. 네. 하자. 녀석이 단단하게 몸을 키웠다. 도하의 상상 팔할에 영재가 막강한 실제 이할을 보탰다. 너희는 진짜…… 나는 싸인회 내내 테이블보를 무릎담요처럼 덮고 있어야 했다.

괜찮아

다시 식당을 찾았다. 어머니가 영정사진이 놓인 상을 머리맡에
두고 자고 있다. 등 뒤로 선풍기를 켜두었지만 더위를 이기기에는
너무 작다. 영정사진 틀을 어머니 얼굴로 가져가본다. 세 사람이 죽
었다. 죽은 남편과 죽은 아들과 함께 생매장된 아내 또는 어머니.
나는 무덤 속으로 들어왔다. 문턱에 걸터앉아 찬찬히 어머니를 살
핀다. 저 엉덩이. 아주 어렸을 때 목욕탕에서 본 어머니 엉덩이에는
살이 많았다. 탕에 들어갈 때 손을 잡지 못하면 그곳에라도 손을
대고 들어갔다. 엄마의 몸이니까. 그러나 소장 허벅지에 앉아 있던
순간 그것은 혐오덩어리가 되었다. 소장의 손이 닿은 어머니 엉덩
이가 너무 더러웠다. 영재가 소파에 누워 이야기를 하면 나는 마주
보고 앉아 엉덩이를 만지며 듣기도 했다. 부드럽고 도톰한 게 예뻐

물어버린 적도 있다. 소장에게도 어머니의 엉덩이가 내게 영재의 것과 같았을까. 나는 이제 성인이 되었고, 그것은 성인들이 나누는 사랑이었으니, 그대로 인정해야 하는가. 모르겠다. 애들 밥 줘야지. 냅둬요. 애들, 형 그리고 나. 형은 맞고 있었고 나는 굶고 있었다. 어쩌면 내가 혐오한 건 우리 형제에 대한 어머니의 무심함이었는지도 모르겠다. 담배를 꺼내 물었다. 올 때마다 하수구 냄새가 고약하다. 라이터 긋는 소리에 어머니가 눈을 떴다.

"언제 왔냐?"

"조금 전에요."

어머니가 몸을 일으켜 선풍기를 내게로 돌린다.

"하수구에서 냄새가 많이 올라오네요."

"고인 물이 썩어서 그렇지. 락스를 부어도 소용없네."

이곳도 고모님이 말한 식당처럼 펌프로 물을 끌어올려서 버려야 했다. 그러나 펌프는 벌써 오래전에 고장 났다. 그러니 사용한 물을 통에 모아 밖의 하수구에 버려야 한다. 집세 없이 전기세 수도세만 내고 사는 처지라 주인에게 수리해달라고도 할 수 없다. 어머니는 이 지하에 망조가 들었다고 했다. 사람이 죽은 것이다.

"혹시 감전사라고 해요?"

"아니. 식당 공사하던 양반이 저 계단에서 굴러서 죽었다데. 왜?"

"전에는 그런 사고가 많았던 것 같아서요."

창고를 들어내고 식당 개업을 위한 공사가 있었다. 그때 한 인부가 계단에서 굴러 목뼈가 부러져 죽었다. 개업하기도 전에 불길한 사고를 당한 식당 주인은 이곳에서의 개업을 포기한다. 그러나 건물주가 사고를 쉬쉬하며 다시 세를 놓았고, 다른 사람이 식당을 개업한 뒤 또다시 사고가 발생했다. 죽은 이유야 다르지만 한곳에서 두 사람이 죽었다. 때문에 건물주도 더이상 세를 놓지 않고 문을 막았다. 그런 곳을 형이 얻었다. 빌라를 팔아치운 것도 모자라 어머니가 살던 작은 방까지 빼내고 이곳으로 모신 것이다. 어머니는 내게 식당을 차리려고 얻었다고 했다. 그에 필요한 비용도 받아갔다. 그러나 지금까지 진행된 일은 아무것도 없다. 형이 죽었을 뿐이다. 인간의 생명을 먹는 집. 이곳에서 먼저 죽은 자들의 영혼이 우리 가족을 내려다보는 것 같아 소름이 돋는다. 너희가 이렇게 한가족이구나? 네놈이 아버지와 형을 이렇게 만든 놈이고? 맞지? 아니, 형이야. 정말 그럴까? 뭔가가 내 어깨를 쿡쿡 찌르는 것 같다. 너잖아. 킬킬킬. 형이 아버지 머리를 눌렀다는 말을 듣고 한 내 일말의 안도를 비웃는다. 비켜!

"가회동으로 가실래요?"

"걔 그렇게 갔는데, 내가 어떻게 들어가냐."

"얼른 다른 집 알아볼게요."

"뭔 지랄이라고 가는 데마다 사람 죽어나간 집이여. 내 팔자도 참."

사람 사는 집 누구 하나 죽었다고 호들갑 떨 필요는 없지만, 어머니는 이곳처럼 기운 나쁜 집도 없다고 했다. 문을 걸어두면 갇힌 것처럼 무섭다고. 출입문은 이제 쇠파이프 대신 돌덩이가 받치고 있다. 가진 것이 없는 어머니는 이곳의 공포로부터 도망칠 수 없다. 가난이 공포에 잡혔다. 어머니에게서 개천가 누렇게 마른 풀숲 비린내가 난다. 물가에 있어 더 빨리 썩는 마른풀. 아버지와 형, 어머니와 나. 개천가를 떠난 뒤로 한집에 모인 적이 없다. 막상 모이니 그 꼴이 우습다. 지하의 원혼들이 차갑게 웃는 것 같다. 물은 물대로 기름은 기름대로, 결국 우리는 같은 성질을 가진 사람들이라고. 킬킬킬. 서둘러 밖으로 나왔다. 뭔가가 몸에 달라붙은 것 같아 더는 있을 수가 없었다. 기분 나쁜 음산함이 등에서 떨어지지 않는다. 몸에 오한이 일었다. 습하고 더운 밤, 나는 추웠다.

전원이 꺼져 있어 연결할 수 없습니다. 영재의 휴대전화 전원이 꺼져 있다. 어떤 이유로든 방해받지 않겠다는 표시다. 그런데 나는 지금 영재가 필요하다. 따뜻한 영재를 안고 자고 싶다. 골목에 서서 삼층을 올려다본다. 방에 불은 켜져 있고 전화 전원은 꺼져 있다. 보고 싶다. 나는 기어이 계단을 올라가고 만다. 영재가 놀란 눈으로 내 모습을 살핀다. 영재를 안았다.
"뭐 하고 있었어?"
"가만히 있었어요. 정적이 필요해서."
하루살이가 전등에 부딪히는 소리마저 크게 울릴 만큼의 고요가 필요한 순간이 있다. 상념을 비우고 자신을 진공상태에 놓이게 하는 것이다. 자신마저 위에서 내려다봐야 할 눈이 필요할 때 특히 그렇다. 버드, 나를 좀 내려다봤으면. 내가 지금 저를 얼마나 간절히 원하는지 봐주었으면. 영재에게 키스를 했다. 그리고 셔츠 밑으로 손을 넣었다. 영재가 내 손을 잡는다.

"지금은 하고 싶지 않아요."

영재가 내게서 떨어져 신발장에 기댔다. 영재가 말한다. 자신이 다급한 상황에 처했거나 내가 그런 상황이 아니면 이렇게 불쑥 찾아오지 말라고. 둘이 통화하고 만날 수 있을 때 오라고. 불쑥 와서 가슴 움켜쥐는 거 불쾌하다고. 알고 있다. 알고 있는데 의식 너머의 간절함이 나를 막지 못했다.

"처음 온 날처럼 오늘만 받아주면 안될까?"

"그날은 내가 선배님을 확인한 날이었어요."

난 저 사람이 좋은데 저 사람도 날 좋아할까? 그랬으면 좋겠다 하던 차에 내가 찾아왔다. 그런 내게서 사랑을 보았다. 그러니까 그날은, 당신도 그랬군요. 이제 나를 가져도 좋습니다. 그리고 나도 당신을 갖습니다. 그동안은 망상병 환자처럼 짝사랑만으로 달려들 순 없었다. 상대를 가질 어떤 자격도 없는 것, 자신의 사랑으로 상대가 불편하면 안되는 것, 그것이 짝사랑의 예의니까. 영재는 우리가 연인이 된 그 설레고 행복했던 첫날을 이렇게 날려버리지 말라고 했다.

"전화기에 전원이 꺼져 있으면, 켜질 때까지 기다리세요."

영재가 현관문 자동키 단추를 눌렀다. 쉬이익. 작은 모터가 돈다. 가세요. 나는 영재의 말을 무시하고 셔츠를 올려 가슴에 입을 맞췄다.

"뇌."

"뭐?"

"나가."

순간 손이 나가버렸다. 얼마나 세게 쳤는지 영재의 얼굴이 돌아가다시피 했다. 나가. 흔들림 없는 목소리에 나는 또다시 볼을 내려친다. 영재의 볼에 내 손자국이 선명하다. 그런데 멈출 수가 없다. 멈춰지지가 않는다. 영재의 입가가 찢어져 피가 난다. 나가. 그 말만 하지 마. 그러니까 나가. 제발 그 말 좀 그만해. 현관과 맞닿은 주방으로, 그곳에서 방을 지나 책상 앞까지 영재를 몰아붙였다. 나가라. 손이, 멈추질 않는다. 누군가 내 손을 쓰고 있다. 내 안에 누가 들어왔다! 아버지? 형? 빌어먹을, 당신 누구야! 영재의 몸에 내 손이 박힌다. 사람을 죽여본 손. 아버지를 물에 넣고 형을 내려친 손이다. 놈이 죽음을 아는 내 손을 사용한다. 도망가라, 영재야. 놈이 영재의 목을 잡는다. 영재야, 야구방망이 들어. 그 순간, 나는 영재의 눈 속에서 영재의 것이 아닌 또다른 눈동자를 보았다. 지금 나를 노려보는 것은 동공 속 또다른 동공인 것이다. 그것이 분노하고 있다. 압착기로 찍어 누르는 듯한 이 무거운 공기의 무게에 질식할 것 같다.

"나가!"

날카로운 분노가 내 심장에 꽂혔다. 밀도 높은 공기를 뚫고 강하게 날아온 목소리. 숨을 쉴 수가 없다. 소리만으로 내 목을 조르는 것이다. 영재가 아니다! 방금 누군가 영재의 입을 빌렸다. 영재가 어떤 존재로부터 보호받고 있는 것이다. 영재 대신 싸우는 당신, 누구십니까? 이 아이, 여기서 죽지 않는다. 영문 모를 확신에 나는 분명 안도하고 있었다. 순간 현기증이 났다. 급작스럽게 발생한 고산병처럼 가쁜 호흡에 구역질까지 났다. 내 손이 그제야 영재의 목을 놓는다. 그리고 놈이, 내 몸을 나갔다. 아니다, 이것은 소멸이다. 놈이 완벽하게 사라졌다. 느껴진다. 놈의 사라짐과 동시에 영재가 실신했다. 옷이 찢어지고, 입술은 터지고, 드러난 피부가 피만큼 붉다. 그 짧은 순간에 무슨 일이 벌어진 것인가. 이 처절한 상황을 어떻게 받아들여야 하는가. 나 때문이다. 모두 나 때문이다. 영재 곁에 너무 오래 있었다. 도하에게 전화를 걸었다. 지금? 무슨 일인데? 영재가 좀 다쳤다.

서둘러 달려온 도하가 영재에게서 눈을 떼지 못한다.

"얘, 왜 이래?"

왜…… 만일 '왜'가 정당한 사유라면 영재가 저렇게 맞아도 되는 걸까. 영재가 정신을 차리고 일어나, 저 새끼가 그랬다고, 저 개새끼가 미친놈처럼 팼다고, 당장 죽여버리라고, 내 대신 말해줬으면 좋겠다.

"이런 좆 같은……"

도하가 파티션을 밀어버리고 책상 위 스탠드를 집어던졌다. 스탠드 갓이 구겨지고 전구가 터졌다. 도하가 나를 벽으로 밀어붙였다. 도하와 눈을 맞춘다. 도하야, 나를 던지고 터뜨려라. 그래도 돼.

괜찮아. 입으로 말하면 그마저 위선일 것 같아 눈으로 애원했다. 그러나 도하는 내 얼굴이 아닌 벽을 때렸다. 텅!

"양아치 새끼…… 꺼져, 죽여버리기 전에."

도하가 나를 질질 끌고 가 현관에 내동댕이쳤다.

집을 나와 닫힌 현관문을 바라본다. 다시는 내가 열 수 없는 문, 내게는 열리지 않을 문, 영재에게 나를 차단하는 문이 되었다. 다 끝났나보다. 영재를 그만 놓아야 한다. 그래야 영재가 행복하다. 이제 곁에는 도하가 있어줄 것이다. 그것이 내 마지막 안도다.

며칠 뒤, 도하가 집으로 찾아왔다. 아직도 화가 많이 난 것 같다.

"영재 많이 아프지?"

"그야 당연한 거고. 도대체 무슨 일이 있었기에 애가 쓰던 것까지 버린다고 해?"

영재가 긴 날 두문불출 써내려간 작품을 버린다. 맞다. 작품 쓸 때 누가 건드리면 그냥 버린다고 했었다. 심지어 마지막 문장을 남겨놓고 버린 장편도 있다고 했다. 42.195킬로미터를 죽도록 달려와 가슴에 막 띠가 닿으려는 순간, 진행요원이 띠를 싹 거둬버린 것처럼 맥이 확 풀려버렸기 때문이라고. 그래서 재미가 없어져서 버렸다고.

"전화 때문에 심장이 멈추는 줄 알았잖아요."

영재가 휴대전화 전원을 꺼놨는데도 악착같이 연락한 동료가 있었다. 어느날 전원을 켜보니 그에게 '전화요망'이라는 메시지가 수 없이 와 있는 것이다. 서둘러 전화했더니 그는 전원을 껐다는 것에만 집착했다. 평소 안부를 묻는 사이라거나 어떤 사안이 있어 전화한 것도 아니다. 우연히 영재의 번호를 알았고, 알았으니 해보자 했다가, 오랫동안 전원이 꺼져 있는 것에 흥분한 것이다. 언제 전화할지 모를 그들에게 일일이 설명할 만큼 여유가 있다면 꺼둘 이유가 없다.

"그렇게 꼴값 떨면서 쓰면 대작이라도 나올 것 같지? 넌 일년짜리 문학상으로 책 팔아먹고 끝이야. B사도 니 뒤 안 본다는 말 벌써 나돌아. 너는 걔들이 써먹기 좋은 일회용이라고. 알아?"

그 말에 씨발 전원…… 했다가 그에게 질펀한 욕설을 장편 분량으로 들었다. 그래서 꼴값 떨며 쓴 작품을 버렸다고.

"그랬다고 버리면 안되지."

"그럼 내가 재미 없어진 걸 독자한테 읽으라고 해요? 쓸 때는 좋았습니다, 그래요?"

아무도 찾지 않고 아무도 거론하지 않는 작품일지라도 세상에 나올 때는 이유가 있다. 책장에는 전인류가 공통으로 사랑하는 책만 꽂히는 게 아니기에. 이리 쳐내고 저리 쳐내 선택된 몇권만을 서가에 꽂아놓고 우리는 이토록 우수한 문학을 가졌다고 자부할수 없는 것이다. 정이품송 하나 남겨놓고 주변을 불살라 민둥산으로 만들어버리는 것과 같다. 누구에게는 밟고 꺾어도 되는 들꽃 같은 책이 더 절실할 수도 있다. 영재가 버린 작품이 정이품송인지 흔한 아카시아인지는 모른다. 혹은 아무 쓸모없는 잡초일지도. 원고의 존재를 무로 만들어 그것에 대해 판단할 기회마저 없앴으니, 그저 허한 것이다. 농담 삼아 앞으로는 꼭 A출판사로 버리라고 당부했다.

"어떤 숙명으로 나온 글일지 모르니까 함부로 버리지 마."

"그런 건 죽을 때나 아는 거 아니에요? 아, 그게 내 숙명이었구나. 근데 내가 숙명적으로 쓰면 독자들도 숙명적으로 읽어야 하나? 경건한데? 역시 그쪽으로는 안되겠어요."

그러면서 자신은 독자와 노는 길로 가겠다고 했다. 숨바꼭질할 사람 여기 모여라!

"그러다 안 모이면?"

"엄마가 부를 때까지 기다리죠. 영재야, 밥 먹어라! 누가 봐도 모자란 사람이 저 혼자 숙명인 줄 알고 엄하게 굴면 여러 사람 피 말라요."

만일 자신의 숙명을 본인만 모르고 있다면? 그 또한 슬픈 일이다. 나는 마라톤 레이스 어디쯤에서 영재를 멈추게 한 것일까. 도하가 담배를 하나 꺼내 문다. 그러나 불은 붙이지 않을 것이다. 껄끄러운 이야기를 하기 전에 나오는 그의 버릇이다. 역시 한동안 물고 있다가 도로 빼낸다.

"형, 나는 무슨 짓을 해도 좋으니까 뭐 하나만 잘하면 된다는 새끼들 다 죽이고 싶어. 뭐 하나 잘하는 것 없어도 괜찮으니까 그냥 인간답게 살자고. 저런 헛소리를 해대니까, 지가 뭐 좀 한다 싶은 것들은 지랄을 떨어도 되는 줄 알아. 형, 글 좀 쓴다고 눈에 뵈는 게 없어? 씨발, 그런 사람이었어?"

"……영재 때문에 속상하지?"

"속상하지. 내가 좆나게 좋아하거든. 근데 형도 그랬거든."

형도 그랬거든…… 어디서부터 잘못되었나. 도하야, 나도 누가 다른 사람 몸에 손대는 거 끔찍하게 싫어한다. 얼마나 아픈지 잘 알거든. 형은 아버지가 때릴 때마다 매질이 끝나길 기다리며 가만히 있었다. 나도 형이 때릴 때 그랬고 어머니도 그랬다. 영재 역시 그러했다. 영문을 모른 채 그냥 맞는 것이다. 더이상은 견딜 수 없어 아버지와 형의 삶을 파괴했다. 영재가 지금 견딜 수 없을 만큼 힘들어하고 있다. 누굴 파괴할 아이가 아니다. 영재가 부수는 건 자신의 소설이다. 잘 놀던 모래놀이를 방해받아 차라리 제가 부수고 터벅터벅 집으로 돌아가는 아이가 되는 것이다. 조용히 혼자 잘 놀고 있었는데 왜 그러는 거야, 울먹이며. 그날 내 상태가 어떠했는지 말하면 도하에게 공감을 얻을 수 있을까. 그것으로 도하가 영재를 설득할 수 있을까.

"영재, 밥은 잘 먹니?"

"진짜 안 가볼 거야?"

"………"

"가든지 말든지 알아서 하세요."

도하는 테이블에 놓인 담배를 낚아채듯 들고 집을 나갔다.

어떻게 해야 하나. 보고 싶은데. 벌써 나를 버렸을까. 그랬겠지. 많이 다쳤는데. 많이 아플 텐데. 용서는 바라지 않는다. 영재의 화를 가라앉혀 부술지 모를 소설을 살려낼 수 있기만을 바랄 뿐이다. 나로 인해 끊어진 재미를 다시 이어주는 게 내가 마지막으로 할 일인 것이다. 한참을 망설이다 끝내 전화를 걸었다.

"잠깐 얼굴 좀 볼 수 있을까?"

"집으로 오실래요?"

초밥 도시락을 사서 단숨에 왔는데 초인종을 누를 자신이 없다. 그냥 문 앞에 놓고 갈까 하는 순간, 확! 문이 열렸다.

"아!"

"뭘 그렇게 놀라요?"

갑자기 열린 문에 놀랐고 심한 멍에 놀랐다. 얼굴과 몸이 검붉은 멍으로 뒤덮였다. 너 그래도 살았구나 싶을 정도의 멍이다. 누가 영재를 이렇게 만들었다면 나는 그놈을 죽인다. 이보다 훨씬 미세한 흔적이어도 그렇다. 영재를, 나를, 어떻게 해야 좋은가.

"안 들어와요?"

"들어가자."

영재의 몸에서 내 어릴 적 아팠던 작은 몸이 보인다. 밥을 씹을 수가 없어 대충 넘겼고, 책가방을 멜 수가 없어 질질 끌고 다녔다. 놀릴 수도 없을 만큼 지독한 멍에, 어떤 아이는 집에서 쓰던 연고를 가져다주기도 했다. 이거 우리 할머니가 되게 좋은 약이래. 괜찮아. 수현아, 내가 걸레 빨아다줄게. 괜찮아. 그래, 내겐 그런 친구들이 있었다.

"좀 괜찮니?"

"보면 몰라요? 안 괜찮아요."

서둘러 식탁에 도시락을 펼쳤다.

"오늘 성게알이 좋다고 해서 넉넉하게 해달라고 했어. 너 성게알 좋아하잖아. 근데 우럭이 없더라. 그래서 광어를 우럭처럼 썰어달라고 했어. 달걀은 이 정도면 되지?"

영재가 내게 얼굴을 바짝 들이민다. 왜? 아. 영재가 입을 벌렸다.

"뭐로 줄까?"

"혀."

아! 젓가락을 내려놓고 영재의 입에 혀를 넣어준다. 처음 그날처럼 떨리고 달콤한데, 마음이 아프다. 예쁜 사람 하나 제대로 지키지 못하고도, 이 순간 또 행복해하고 있는 나 자신이 우습다. 그럼에도 이것이 마지막 키스일 것 같아 멈출 수가 없다. 볼, 볼…… 급히 영재의 얼굴에서 손을 뗐다. 영재가 의자에 앉았다. 나도 의자를 끌어다 나란히 앉는다.

"행사 때 보니까 말 기똥차게 잘하던데, 먹는 동안 재밌는 이야기 좀 해주세요."

무슨 이야기를 해야 하나. 어떤 상황도 작은 이야기로 만들어 전하는 송부장이 부럽다. 영재를 처음 본 날, 이야기하던 모습을 어떤 영상처럼 지켜봤고 목소리를 라디오 청취하듯 들었다. 그 모습 그 목소리 잊을까봐 서둘러 연락처를 알아냈다. 눈이 마주쳤으면 좋겠는데 정작 마주치면 쑥스러워 고개를 돌렸다. '창고'에서 토스트를 먹는 입술에 키스하고 싶어, 그 마음 들킬까봐 연거푸 담배만 피웠다. 벌써 마지막일 오늘, 마지막임을 들키지 않도록 태연하게 이야기해야 한다.

"그…… 옛날에 말이야, 어느 개천에 도롱뇽 가족이 살았어."

"개천에도 도롱뇽이 살아요?"

"안 사니?"

"내가 어떻게 알아요. 이야기하는 사람이 알지."

늘 손으로만 해서 그런가. 입으로 하는 이야기는 왜 이렇게 정리 안되고 힘든지. 나는 다시 이야기를 잇는다.

"어느날 개천에 비가 엄청 왔어. 그래서 도롱뇽 가족이 하늘에 대고 기도를 했지. 우리를 살리시려거든 이제 그만 비를 멈춰주세요, 그렇게. 그런데 하늘님이 그래. 개천에 이무기가 와서 물이 많이 필요하단다. 그래서 막내가 물었어. 그럼 우린 어떻게 해야 하나요? 그랬더니 가족 중 하나가 이무기한테 가야 한다는 거야. 그러니 아버지가 가겠다고 할 수밖에. 아내와 자식들을 보낼 순 없잖아."

"모든 아버지에게 감사를!"

영재가 젓가락을 내려놓고 경건한 표정으로 성호를 긋는다. 그리고 묻는다.

"그래서 어떻게 됐어요?"

"남은 가족은 아버지가 떠난 개천에서 더는 살 수 없어 저 먼 저수지로 이사를 갔지. 그런데 그 저수지에는 난폭한 두꺼비가 살고 있었어."

"저수지에도 두꺼비가 살아요?"

"안 사니?"

"뭐요?"

"옛날이야기잖아. 암튼, 두꺼비가 보니까 이 가족이 너무 행복
해. 샘이 났지. 그래서 잘 놀고 있는 형을 꿀꺽 삼켜버렸어. 그 바람
에 남은 가족들은 다른 곳으로 또 이사를 가야 했지. 끝."

"끝이요? 무슨 작가가 밑도 끝도 없는 이야기를 해. 이사 잔혹사
예요?"

"어디서 잘 살았겠지 뭐."

"나 참…… 커피 마실래요?"

영재가 작은 테이블에 커피를 내려놓고 소파에 앉는다. 늘 함께
앉은 소파지만 오늘은 같이 앉을 자신이 없어, 나는 그냥 바닥에
앉는다. 갑자기 찾아온 적막이 당황스럽다. 영재가 커피를 한모금
마신다. 나도 한모금 마신다.

"소설 참 재밌다, 할 때 정수현 작가가 있었어요. 나도 쓰고 싶다
할 때도, 쓰기 시작할 때도. 정수현 때문에 나도 소설가가 됐을지
몰라요. 선배님 나한테 그런 사람이었어요."

나를 본 날, 바라만 보아도 가슴이 떨리는 존재가 있구나 싶어
그대로 좋았다고 한다. 존재 자체로 누군가를 행복하게 한다면 이
미 소설 이상의 소명을 해낸 사람이라고. 그런 사람이 자신의 남자
가 되었다. 떨어져 있어도 그가 거기에 있지 생각하면 그새 행복한.

"난 지금도 믿기지가 않아요. 선배님이 영재야, 부르는 게. 세상에서 가장 든든하고 따뜻해. 그래서 선배님 이해하고 싶은데 그게 잘 안돼요."

영재는, 어떤 사정이 있었는지 모르겠지만 그럼에도 불구하고 그러하지 않는 것, 그런 사람, 그런 사람과 존중하며 사랑하고 싶다고 한다. 사랑하는 사람에게는 그가 어떤 짓을 해도 손이 나가지 않는다. 차마 때릴 수 없는 것이다. 아니다 싶으면 그저 보내줄 뿐이다. 끝난 사랑 싫은 사랑은 반드시 몸으로 드러난다. 눈이 보기 싫어하고, 귀가 듣기 싫어하며, 심장이 숨쉬기를 거부한다. 그러니 작은 화에도 손이 나갈 수밖에. 혹은 위급한 상황에서도 손을 내밀지 않는. 영재는 자신이 벌써 내게 그런 존재가 된 것 같다고 했다. 천만에. 내 입이 네 이름을 그렇게 부르고도 만족을 못해.

"왜 그래요, 왜! 왜 자꾸 불러요!"

"내가 그랬니?"

그런 면박을 받고도 자꾸 널 부를 만큼. 영재가 고개를 돌려 베란다 창을 본다. 창을 저렇게 아픈 눈으로도 볼 수 있구나.

"영재야, 나를 회상하기도 힘들 만큼 긴 시간이 흐르면……"

"내가 기억상실증에라도 걸리길 바래요?"

언젠가 도하에게 한 말을, 영재가 내게 돌려주었다.

"미안하다."

"나 아직도 선배님 사랑해요. 그런데 이제 선배님 여자는 아니에요."

하아. 나도 모르게 두 손을 모아 이마에 댔다. 그럼에도 불구하고 사랑해줘서 고맙고, 이제 내 여자가 아니라는 말이 가슴을 찌른다. 그런데 어이없게도 웃음이 터지고 말았다. 제정신이 아닌 게 분명하다. 후후후.

"왜 웃어요?"

"모르겠어."

"그만 웃고, 냉동실에서 알로에나 갖다주세요."

나는 얼린 알로에를 꺼내왔다. 넓적하고 큰 알로에다.

"목하고 어깨, 이렇게, 이렇게, 문질러요."

그제야 영재 곁에 앉는다. 알로에가 달걀보다 나으냐고 물으니 영재도 잘 모르겠다고 한다. 도하가 멍에는 최고라며 박스로 사와 얼려두고 갔다고. 멍에 대한 효과는 몰라도 피부는 좋아졌다며 피식 웃는다. 영재가 내 가슴에 등을 기댔다.

"차갑다……"

가만히 집 안을 둘러본다. 그날, 처음 왔는데도 낯설지 않고 편안했던 건 저 개나리 빛깔 커튼 때문이다. 격 없이 편히 맞아주는 느낌에 영재를 안고도 내가 안긴 기분이었다. 우리 저기서 놀자, 해도 될 것 같은 편안함. 저 책상에서 영재가 나의 입술을 받았고, 저기 저 침대에서 우린 꼭 안고 깊은 잠을 잤다. 품에 안겨 자는 영재가 예뻐 얼마나 오랫동안 보다 잠들었는지. 단 한번도 그렇게 달게 잔 기억이 없었다.

"영재야, 내가 이제 네 남자가 아니어도, 정수현은 그냥 너 가져."

"웬 횡재야…… 고맙습니다."

그렇게 영재를 한참 안고 있었다. 영재가 스르르 눈을 감는다.

"난 이상하게 선배님하고만 있으면 잠이 와요. 같이 잘래요?"

"침대가 하나라서."

하하하! 영재가 오늘 처음으로 크게 웃었다.

영재가 침대에 눕는다. 나도 누워야 하나 잠시 망설였다.

"정수현, 이리 와봐."

나는 영재 옆에 누워 팔베개를 해준다. 영재가 그날처럼 내 겨드 랑이 밑으로 팔을 두르고 폭 안겼다. 예쁘면 다야? 그렇게 영재는 잠결처럼 꿈결처럼 말하고 깊이 잠들었다.

이른 새벽, 조용히 일어나 냉장고를 살폈다. 전국 장터를 놀이터 처럼 다니는 영재답게 장터에서 사온 온갖 것이 냉장고에 그득하 다. 바짝 말려 돌돌 뭉친, 물에 불려보기 전에는 정체를 알 수 없는 나물과 뿌리와 버섯 들. 엄나무 계피나무 따위의 나뭇가지도 있다. 냉동실이라고 다르지 않다. 새우젓 조개젓 같은 젓갈류가 얼려져 있다. 이런 것을 얼려도 되나 싶을 정도의 채소들까지. 그 이상한 음식들의 비결이 냉장고에 있었다. 이건 또 뭐냐? 도하가 묻고, 응 용해봤어, 영재가 답한다.

"너 나 싫어하지? 그래서 이러는 거지?"

"아니. 나는 좋아하는 사람한테만 요리해줘."

"앞으로는 죽이고 싶은 사람한테만 해줘. 알았어? 나한테 한번만 더 응용해봐. 입맛 까다로운 사냥개들을 풀어놓을 테니까."

된장찌개를 끓이고, 고기를 좋아하는 영재를 위해 굴쏘스로 소고기를 볶아낸다. 달걀 마니아이니 프라이도 두개 하고, 양상추와당근을 썰어 들깨드레싱을 옆에 둔다. 냉장고 속 독특한 재료로 내가 할 수 있는 요리는 이것이 전부다. 맛있게 먹어.

영재의 집을 나왔다. 과속방지턱을 넘어, '창고'를 지나 우회전을 한다. 부러 영재가 재탐색하며 온 길로 돌아왔다. 참 멀리 돌아왔구나.

그 개천가. 내 어린 친구들과 놀이를 하며 즐겁게도 놀았는데 늘배고프고 아프게만 기억된다. 상류 숲은 형을 피해 도망갈 때가 아니라도 자주 찾았다. 나는 그곳이 좋았다. 속껍질째 먹는 생밤처럼쌉쌀하고 고소한 숲 냄새가 좋았다. 가끔 산이 조심히 움직이는 소리가 들리면, 나는 읽던 책을 내려놓고 소리에 귀 기울였다. 내가앉는 너럭바위보다 조금 더 위에 약수터가 있었는데, 그곳 약수가맛있는 건 산할머니가 맷돌로 물을 곱게 갈아 내려서 그렇다는 전설이 있었기 때문이다. 구르릉, 구르르릉, 할머니가 지금 물을 갈고있나보다. 그렇게 맷돌에서 약수터로 내려지는 물을 상상했다. 너럭바위 앞에는 찔레꽃 같은 키 작은 나무가 많았다. 나무 바로 앞에 납작 엎드리면 나는 안 보이고 바위만 보이는 것이다. 형이 앞을 지날 때마다 얼마나 두려웠는지.

"나와 개새끼야, 여기 있는 거 다 알아!"

숨소리라도 들킬까봐 죽기 직전까지 참았다. 언제는 멀리서 손전등 빛을 본 형이 나를 찾아냈다. 그날 갈비뼈가 부러졌다. 의사는 부러진 뼈가 살짝만 옆으로 찔렀어도 죽었을 거라고 했다. 차라리 그때 죽었으면. 일하며 사랑하는 삶을 원했는데 그게 참 힘들었다. 조금, 하고 떠나 다행이다. 컴퓨터에 저장된 불필요한 파일을 삭제했다. 그리고 영재가 이스탄불에서 사다준 수첩을 들었다. 수없이 본 첫 페이지. 사랑해요. 서영재. 만년필을 들고 다음 페이지를 넘겨 쓴다. 나도 사랑한다. 정수현. 코끝이 아리다. 그때 영재에게서 전화가 왔다.

"가끔 나 몰래 요리해놓고 가는 건 봐줄게요."

"그러자."

"달걀프라이는 환상이었어요. 어떻게 수란처럼 프라이를 하죠?"

"내가 요리 좀 해."

"진작 좀 해주지."

"이제 맨날 해줄게…… 후후후."

"왜 웃어요?"

"니가 만든 요리가 생각나서."

"끊어요."

너 두고 가는 거, 좀 힘들다.

작은 아파트로 이사한 어머니가 구석구석을 살폈다.

"인제 뺏을 놈도 없으니 죽을 때까지 살겠다. 그쟈?"

어머니는 죽기 전에 집을 가졌으니 저승을 가도 오막살이는 얻겠다, 했다. 이승에서 떠돌던 사람은 저승에서도 떠돈다고. 어머니와 함께 빈집에 살림살이를 채웠다. 이 냉장고는 너무 비싸지? 괜찮아요. 얘, 아직도 자개 농이 나오는구나. 그걸로 하세요. 여기다 너 좋아하는 잡채나 무쳐야겠다. 예. 그렇게 있어야 할 곳에 있어야 하는 물건을 채운 것이다. 더 필요한 건 없으세요? 없어. 내가 십년은 더 살까? 더 사실 거예요. 나 죽으면 이거 다 너 써라. 예. 집에 새 살림을 들였는데 그 모습이 쓸쓸하다. 불과 몇달 전 식당에서 접시를 두드리던 드센 어머니는 사라지고 늙고 쇠한 어머니가 있다. 어머니와 나의 세상은 무서운 게 아니라 무거운 것이었다.

"수형이는 좋은 데 있지?"

"예."

어머니는 자신의 생을 책임져야 한다. 비단 형과 아버지만으로는 설명할 수 없는 생을 살았으므로. 나는 대지의 어머니 같은 거대한 표상을 원한 게 아니다. 희생하고 희생하는 거룩한 어머니를 바란 것도 아니다. 내가 바란 건 밥 냄새 나는, 치맛자락으로라도 코 닦고 땀 닦아주는, 그런 어머니였다. 멀리 아들이 보이면 화투장을 감추고 풀어헤쳐진 옷섶을 가다듬는 어머니가 아니었다. 누군가는 그러겠지. 어머니한테 그러면 안돼. 그래도 어머니인데. 어머니가 널 낳았으니 지금 이러고 살지. 예, 하필이면 어머니가 절 낳

으셔서 잘 살았습니다. 이제 거룩한 어머니의 이름으로 제 어머니를 위로해주시겠지요?

"수현아."

"네."

"이제 자주 와라."

"예."

오래오래 사십시오. 어머니도 나도 징글맞게 살아왔다. 잊고 싶었던, 잊은 척한, 그래봐야 몇 줄로 정리되는 날들. 다시 태어나면 그때는 잘 살 수 있을까. 전생의 기억을 가지고 태어나지 않는 한 그것도 장담할 수 없다. 죽음을 앞둔 자의 눈에는 모든 것이 아름답다. 더는 경험할 수 없는 미련에 역류로 넘친 오물마저 그렇다. 그렇다고 더 살아야 할 자들에게 죽는 자의 눈을 권하고 싶지는 않다. 다 내려놓고 사랑하라. 후후후. 죽음을 앞둔 자에게도 힘든 그것을 더 살아야 할 자들에게 강요할 수 있나. 그것은 때가 되어야만 알 수 있는 것이다. 내가 가지 않은 모든 '만약'의 길은 후회와 미련으로 남기 마련이다. 그러므로 각자의 삶을 지키며 잘 살아내길 바랄 뿐이다. 살아 있는 당신에게 행운이 가닿길.

날이 맑다. 잡풀을 흔드는 바람도 좋다. 벌써 찬바람이 부는구나. 저수지 가로 몰린 쓰레깃더미도, 찢어져 축축 늘어진 차광막도 아름답다. 저 간이매점. 형이 저수지에서 걸어나와 손을 내밀 것 같았지만 영재를 안고 있어 두려움 속에서도 행복했다. 때문에 행복한 추억을 곁에 두고 떠난다. 이제 영재와 마지막 통화를 해야 한다.

"지방에 취재 왔는데, 부탁 하나 해도 될까? 메모리를 두고 왔어."

"가져다 드려요?"

"파일만 확인하면 돼. 책상에 외장하드 있는데 그거 노트북에 연결해."

"나 그런 거 잘 못하는데……"

"도하 불러서 같이 가."

"노트북 비밀번호 뭐예요?"

"너하고 나 쓰는 거."

"파일 이름은요?"

"영재도하. 바로 보이는 한글 파일이야."

"왜 우리 이름을 썼어요?"

"그 자료 나중에 너희 주려고."

"고맙습니다. 지금 갈게요."

"영재야."

"네?"

"뽀뽀하자."

전화가 끊겼나 잠시 확인해봤을 만큼 영재는 말이 없었다.

"가서 진하게 해줄게요. 어디예요?"

낮게 끊어 하는 말에 몸이 꺼져내리는 것 같다.

"너 모르는 데야. 집에 도착하면 전화해. 끊자."

영재가 안다. 내가 돌아가지 못할 것을 안다. 그래서 운다.

"어디 아픈 데는 없죠?"

"그래. 다 괜찮아."

전화기에서 배터리를 빼내어 저수지로 던졌다.

가지런히 호흡을 정리하고, 이제 나를 던진다.

세상 참 어둡다.

에필로그

　한동안 저수지가 시끄러웠다. 많은 취재진이 흰 보에 덮인 나와 형의 시신을 촬영했다. 넋 놓고 앉아 있는 어머니에게도 카메라와 마이크는 비켜가지 않았다. 내가 잘못 살아서 그렇지요, 내가 잘못 살아서. 어떤 이는 이미 내 시신이 떠난 날에도 찾아왔다. 나의 행적을 집중적으로 밝히는 보도를 위해, 아내의 자살 경위를 전면 재수사한다는 검찰의 발표를 전하기 위해, 저수지를 배경으로 담았다. 경찰은 곧 현장통제선을 걷어내고 낚시터 완전 폐쇄를 알리는 푯말을 세웠다. 낚시좌대와 차광막이 사라지고 영재와 함께했던 간이매점도 사라졌다. 그러나 다행히 저수지는 남았다. 그리고 일 년 뒤, 영재와 도하가 찾아왔다. 나는 그들 곁으로 가지 못하고 간이매점이 치워진 자리에 서서 그들을 맞는다. 왔구나, 너희!

영재가 그날 사진을 찍었던 자리에 주저앉는다. 그리고 묻는다. 거기 좋으냐고. 전혀. 정수현은 나 가지라면서 왜 맘대로 죽어요? 왜 줬다 뺏느냐고요. 하프 같은 소리 하네. 나는 하프 본 적도 없는 사람이에요. 영재야, 나는 그냥 동전 하나만 던져주면 돼. 내 죄가 무거워 사공이 좀 힘들 거야. 영재가 저수지와 간이매점이 있던 자리를 천천히 둘러본다.

"어쩐지 저기에 선배님이 서 있는 것 같네. 여전히 예쁘다."

나는 그런 영재를 웃음으로 맞는다.

영재가 동전을 꺼내 내 입술에 그랬듯이 꾹 눌러 키스를 한다.

높이 뜬 동전이 내가 누웠던 수면 아래로 떨어졌다. 고맙다, 영재야. 뒤에 서 있던 도하가 쭈뼛쭈뼛 다가가 영재 옆에 쭈그리고 앉는다.

"우리 할래?"

"뭘? 지금? 여기서? 너랑?"

도하가 눈을 크게 뜨고 낚시터를 훑는다.

"그럴 줄 알았어. 해보지도 않고 줄줄 써대기는……"

"야, 나는 수시로 하는 사람이야!"

"어련하시겠어."

"근데 너 혹시 알고 있었냐?"

도하가 저수지를 보며 물었다. 영재 역시 저수지를 보며 답한다. 영재가 이야기하고, 도하와 내가 듣는 것이다. 영재가 아주 꼬마

일 때 옆집 무당 할머니네 자주 놀러 갔다. 그런데 할머니가 집으로 돌려보내는 날에는 나와 같은 사람이 거기에 있었다. 저 아저씨 왜 그래요? 아파서 그래. 얼른 집에 가. 저 아줌마 누구하고 얘기하는 거예요? 언제 또 왔어? 얼른 가! 그리고 그때마다 아주까리 나무에서 딴 연한 잎을 영재에게 먹였다. 써요. 써, 그래도 먹어야 해. 왜요? 그래야 돼. 지금도 왜 그것을 먹어야 했는지 모른다. 영재가 그곳을 다녀오면 어머니는 성당에서 떠온 성수를 영재의 몸에 뿌렸다. 왜 뿌려? 가만히 있어. 마시면 안돼? 이걸 왜 마셔, 기집애야! 아주까리를 먹으며 성수를 몸에 바르며, 나와 같은 사람을 봐온 것이다.

"선배님 좀 차가워 보이지? 그런데 눈동자에 물이 많아. 울 때 울어야 했는데 못 울어서 고인 물처럼. 웃는 게 얼마나 예쁜지 몰라. 반짝반짝해. 이 사람 갖고 싶다 한 게 바로 눈 때문이었어. 그런데 선배님이 여기서 흔들리더라."

내가 저수지를 똑바로 보지 못하고 자꾸 두리번거렸나보다. 방치되긴 했어도 자연호수처럼 예뻤는데 못 볼 걸 본 사람처럼 얼굴빛마저 안 좋고. 처음에는 생각보다 겁이 많구나 싶어 장난 한번 쳐볼 심산이었다. 그런데 내가 매점에서 관계하면서까지 저수지를 주시했던 것이다. 그 눈빛이 영 석연찮았는데, 오는 차 안에서 뭔가 있다,로 굳어졌다. 이 사람 지금 도망치고 있다. 그래, 차 안에서 문득 고백하고 싶은 순간이 있었다. 그것을 안 영재가 몸으로 내 말을 막았다. 아는 사람의 무게, 그 너무 무거울 무게가 두려웠다.

"선배님도 형제 있어요?"

"있었지."

있었지, 로 끝났던 말. 그 말이 심장으로 묵직하게 들어왔다. 얼마나 온몸을 짓눌렀는지 도무지 일이 손에 잡히지 않았다. 사랑하면 그 사람의 전부를 안아야 한다는 말 또한 영재를 억압했다. 사랑, 그게 뭔데 자신과 상관없이 벌어진 일까지 모두 떠안아야 하는가. 그것이 그렇게 쉬운 거면 십자가 진 예수가 빽빽하게 재림했을 것이다. 사랑이라는 이름의 강요. 과연 합리적인가.

"할아버지가 그랬어. 내가 남의 짐을 들어줘야 남도 내 짐을 들어준다고. 보험이야? 미리 들어주게? 그럼 또 그래. 세상이 말이다. 아는데, 닥치면 그게 쉽지 않아. 그래서 터키로 날랐잖아. 선배님을 느낄 수 없는 곳에서 생각 좀 정리하자 해서 갔는데, 선배님이 전화를 했어. 목소리 들으니까 보고 싶어 미치겠더라. 곧장 달려가고 싶은 거야. 사랑은 매우 비합리적인 감정이었어. 대책 없이 몸과 마음이 막 달려가는 미친 현상이야. 이거다 하고 정의할 수 없는 게 사랑이더라고."

나 맞은 날 있잖아, 하고 영재가 말을 이었다.

"키스를 하는데 감이 딱 와. 물어뜯더라고. 선배님은 그렇게 하지 않아. 무섭더라. 왜 선배님한테 이런 것이 붙었을까. 선배님이 해친 누구와 관계있는 건 아닐까? 그런데 그날 내가 진짜로 본 건 선배님이야."

"형?"

"그 무서운 눈 속에 나를 걱정하는 눈이 하나 더 있어. 도망가, 도망가, 그러는 것 같더라고. 그게 보통 정신력으로 되는 게 아니거든."

놈이 내 손으로 영재를 치지 못하도록 온 힘으로 막으려 했던 나를, 영재가 보았다. 그리고 나를 도왔다. 그런 놈은 산 사람의 정기로 몰아내야 한다. 내 몸으로 들어와 내 눈을 제 눈으로 사용하는 놈의 기를 눌러버려야 했다. 자신 없으면 눈을 마주치지 말아야 한다. 영재는 안 봐야지 했는데 봐버렸고, 무서웠지만 할 수 있는 게 그것밖에 없어, 그렇게 싸웠다고 했다. 그러나 그날 영재는 떨지도 흥분하지도 않았다. 나를, 놈을, 바라보며 차분하게 "나가"라고 했을 뿐이다. 고개가 돌아갈 정도로 맞아도 쓰러질 듯 밀려도 눈을 떼지 않았다. 그저 본 것이다. 너 누구야? 묻듯이.

"엄마가 무당 할머니한테 뭐라고 한 적이 있어. 나 좀 못 오게 하라고. 그때 할머니가 한 말 다 들었어. 어렸을 때라 무슨 말인지 몰라서 잊고 살았는데, 그날 무슨 영상처럼 떠오르더라."

"무슨 말이었는데?"

영재 엄마, 걱정 마. 귀신도 못 건드리는 애가 있다오. 애 가지고 장난치면 친 놈이 죽어. 귀신이든 사람이든. 시간이 지나면 알 거야. 아, 잘못 건드렸구나. 애가 그런 기운을 가지고 태어났어. 이런 애는 가만히 두는 거야. 자네 성당 나가지? 그쪽 분한테 데려가보게. 그분은 뭐라 하실지. 그러나 영재는 이미 어머니를 따라 성당에도 자주 놀러 다니고 있었다. 신부님, 나 무당 할머니네서 어떤 아줌마 봤어요. 어떤 아주머니? 구름 보고 말하는 아줌마. 어땠는데? 울어요. 영재가 걱정된 어머니는 신부에게 안수기도를 부탁하기도 했다. 그냥 두어도 되는 아입니다. 저 아이 옆에 있으면 자다가도 떡이 생길 테니 걱정 마세요. 그래도 어머니는 마음이 편치 않았다. 신부님, 저는 그 말씀이 좋게 들리지가 않습니다. 무서운 거지요. 저놈이 버리면 이제 모두 잃는다는 말이기도 하니까요. 허허허. 저 싫다고 그냥 버리는 놈은 아니니까 가만히 두세요. 염주와 묵주를 섞어 노는 아입니다. 그런다고 부처님하고 주님이 노하실 것 같습니까? 그냥 두십시다. 저놈은 그저 노는 거니까. 그리고 얼마 뒤, 무당 할머니가 영재에게 해준 말이 있다. 뭐든 너는 못 건드리니까 똑바로 보고, 나가,라고 해라. 그것도 못하겠으면 보기만 해. 그날, 그 말이 섬광처럼 떠올랐고 그 말에 기댈 수밖에 없었던 것이다.

나는 그날 영재에게서 분노를 보았다. 그러나 그것은 분명 영재를 감싼 다른 존재의 분노였다. 내 속의 놈이 완전히 소멸됐다고 느꼈을 때, 영재가 실신했다. 그런데 영재는 그 순간을 전혀 기억하지 못한다. 그 찰나의 분노. 만일 그 눈빛이 나를 향한 것이었다면 나는 아마 그 순간에 죽었을 것이다.

"똘재야, 나는 그 싸구려 눈깔밖에 받은 거 없다."

"근데 나 선배님한테 그 말 안했어. 당신 그때 제정신 아니었다고. 누구 때리는 사람치고 제정신인 사람이 얼마나 되겠어. 그걸 다른 폭력하고 어떻게 구별해. 그래서 모르는 척했어. 설마 선배님이 나 건드려서 가신 건 아니겠지? 그치?"

"니가 무슨 그런 골 때리는 존재라고 까불어?"

하며 도하가 영재의 등을 짝! 내려친다.

"왜 때려!"

"내가 내일 죽으면 너 그 말 믿어도 돼. 알았어?"

치이, 하고 영재가 피식 웃는다.

나도 웃는다. 분명 아주 틀린 말은 아니기에.

"선배, 내가 언제부터 향수를 안 썼는지 알아?"

"언젠데?"

"글 쓰기 시작하면서부터."

영재는 상대의 향을 맡기 위해 제 몸에 뿌리는 향수를 포기했다. 바짝 붙어 맡을 필요도 없다. 스칠 때 찰나의 향기. 그것이 그의 냄새다. 영재는 내게서 숲 냄새가 났다고 한다. 그래서 나와 함께 있으면 잎 많은 숲에 기분 좋게 누워 있는 것 같았다고. 부드럽고 선선해서 잠이 솔솔 왔다고. 후후후. 어릴 적 숲이 내게 남았나보다. 그 숲을 영재에게만 보여줬나보다. 영재에게는 하얀 토끼풀꽃 냄새가 난다. 아무 냄새 없는 것 같으면서 달콤하고, 단가 싶으면 쌉쌀한. 너른 토끼풀밭에서 뒹굴다 방금 나온 아이 같은. 그것이 영재다. 곁에서 같이 놀아도 좋고, 토끼풀꽃 하나 들고 달려오면 그대로 안아줘도 좋은.

"보고 싶다. 정선배, 이리 와봐!"

영재가 부른다. 잡풀을 헤치고 둑을 내려와 영재 뒤에 선다. 왔어. 영재가 살며시 뒤를 돌아본다.

"왜?"

"아니, 그냥……"

그러면서 한번 더 뒤를 슬쩍 보고 피식 웃는다.

"더 늦기 전에 헤어지자 딱! 마음먹었는데, 선배님이 알로에를 발라주는 순간 알겠더라. 나 이 남자 못 버리는구나. 하나씩 풀자. 치러야 할 댓가가 있으면 치르게 하자. 까짓거 십자가 같이 메고 쭉 가자. 그런데 가버렸어. 죽는다고 죄가 사라지나? 선배님 살리고 죽이는 건 죽은 사람들이 결정하는 거예요. 그래서 더 나빠. 알아요?"

"똘재야, 형이 보자마자 말 놓은 여자가 유일하게 넌 건 아냐?"

"그게 왜?"

"형이 너한테 첫눈에 반했다고, 멍청아!"

"나한테 왜?"

"그걸 내가 어떻게 알아?"

나도 몰라, 왜 그랬는지. 녀석, 전문가는 전문가군. 후후후.

"누구든 서영재 건드리면 나한테 죽는다, 이게 그냥 뿜어져나왔어. 둘이 떨어져 앉아 있어도, 형이 니 어깨를 꼭 감싸고 있는 것 같았다고. 모든 신경이 너한테 열려 있는 거야. 나 좀 아프기도 했다. 저 형이 저렇게 사랑할 수 있는 남자였구나. 어디서든 여자의 어깨를 감싸고, 어디서든 키스도 할 수 있는 남자였구나. 그런 남자가 그렇게 홀로 서 있는 나무처럼 살았다니. 형이 한 사랑 의심하지 마. 군더더기 없이 처음부터 마지막까지 곧장 꽂히는 사랑 했으니까. 죽어서도 그럴 거다."

"유일하게 떠난 여자도 나냐?"

"그건 알아서 생각하시고. 얼른 꺼내, 형 기다리겠다."

영재가 가방에서 책 한권과 A4용지로 만든 흰 꽃을 꺼냈다.

"선배님, 이 꽃 알죠? 나 남자한테 처음 꽃 주는 거예요."

영재가 흰 꽃에 살짝 입을 맞추고, 주변의 흙을 모아 반듯하게 심었다. 그리고 도하가 영재에게 책을 받아 흰 꽃 앞에 놓는다.

단행본 『너를 봤어』다. 드디어 나왔구나!

"방금 나온 따끈따끈한 초판이에요. 이건 선배님 증정본."

"형, 우리한테 그 자료 그냥 넘긴 거 아니지? 인간이 일감을 주고 가냐."

영재가 표지를 넘긴다. 속지에 영재와 도하가 내게 인사말을 남겼다.

마지막까지 우리였던, 영원히 그러할
당신을 애도하며, 서영재
당신에게 키스를, 윤도하

사랑합니다.
2013년

"선배님, 도하선배가 1, 2부로 안 나눴어요. 멋대로 내 문장 내 문단 사이로 쑥쑥 들어왔어요. 한권으로 가야 한대. 그래놓고 자기 상상대로 막 썼어요."

"나는 안 보고도 쓸 수 있다고 했지!"

"안 보기는. 맨날 찔끔찔끔 훔쳐보니까 그렇게 쓰는 거야! 내가 실제하고 상상은 다르다고 했어 안했어? 거기서 그 자세로 어떻게 하냐! 그냥 둘이 딱 붙어서 쪽쪽 빨고 살았다고 쓰지 그랬어?"

"똘재야, 소설은 말이다, 상상이라고 누가 그러더라."

"누가 그러더라, 독자는 지상이라고! 그 사람들은 거기서 안해 봤겠어?"

"이제 우리 소설 읽고 응용하겠지. 가자. 더 있다가는 행사에 늦겠다."

"작가와의 만남, 나 그런 거 진짜 싫은데. 선배가 다 알아서 해."

"뜨거운 맛 제대로 본 인주 새끼가 알아서 하겠지."

영재가 먼저 도로 진입구로 성큼성큼 걸어갔다.

도하는 영재를 따르지 않고 잠시 서서 저수지를 바라본다.

"죽은 사람 소원도 들어준다고, 형이 준 자료로 까짓거 우리가 연작 해줬다. 형 마지막 기획이니까. 내가 죽이게 써줬어. 형 은근히 섹시했잖아. 내가 괜히 섹스 전문간 줄 알아? 근데 영재가 쓰면서 많이 운 것 같아. 그래서 1, 2부로 못 나눴어. 두 사람 떼놓는 것 같아서. 단행본도 괜찮지? 둘이라 계주가 안되더라고. 문학의 살얼음판에서 남녀 혼성 피겨 한번 탔다. 영재 문장 속으로 들어가보니까 형 맘 좀 알겠더라. 형 혹시 잠깐 나한테 온 거 아냐? 씨…… 뭐

그렇게 살았냐? 완전 날이 팍팍 서서 살았어. 잘 가라, 불쌍한 인간
아!"

　도하도 동전 하나를 꺼내 저수지로 던졌다.

　도하가 자신의 지프 앞에 서 있는 영재에게로 다가갔다.

　"이 똥차! 요즘에 리모컨 없는 차가 어디 있어? 문 열어."

　"이게 어디서 남의 애마를 걷어차? 얘가 이래봬도 잡한 기름 먹
으면 바로 얹히는 애야. 제대로 된 기름만 먹고 살아서 쭉쭉 잘 나
가!"

　"애가 응용을 할 줄 모르는군. 내가 데려가서 한번 해줘?"

　"너 인간 최초로 차에 한번 물려볼래?"

　"역시 내 실력을 알아주는 사람은 정선배님밖에 없구나."

　"퍽도 알아줬겠다. 근데 똘재야, 다시 생각해도 내가 기막히게
쏙쏙 들어갔지? 니가 하도 대놓고 써서 너 감춰주느라고 얼마나 고
생한 줄 알어? 소설로 자서전 쓸 일 있냐?"

　"쏙쏙은. 독자들이 줄 그어가면서 여긴 서영재 여긴 윤도하 그러
면, 선배가 책임져."

　"그러고도 십만부 넘기면 내가 너 책임진다. 나한테 시집와라."

　"그래, 황금작두 혼수로 괜찮지?"

　킥킥 웃으며 자동차 문을 열던 도하가 영재를 부른다.

　"똘재야, 내 상상이 그렇게 잘못됐냐?"

　그러자 영재가 도하에게 바짝 다가서서 아 — 입을 벌린다.

"뭘?"

영재가 도하 얼굴을 콱 잡고 입에 혀를 넣는다.

그리고 긴 키스를 나눈다. 영재가 운다.

"선배님이 내 이름 한번만 더 불러줬으면 좋겠다. 늘 부르던 대로, 영재야, 그렇게."

그런 영재를 도하가 안는다. 나 살았을 때 내 직관이 말한 모습. 어쩌면 나는 저 모습을 그때 미리 보았나보다. 영재 곁에 있지만 곧 떠나야 한다는 것을 알았고, 내가 떠난 자리에 도하가 있어주길 바랐다. 결국 이제 둘은 완벽한 하나가 되어 나타났다. 내가 영재에게 도하를 주고 왔다고 하면 어떨까. 그러면 내가 도하를 덜 질투할 수 있을까. 후후후. 내가 하고 온 것이 사랑인지 아직도 잘 모르겠다. 아무 때나 달려가고 싶고, 그렇게 내게로 왔으면 좋겠고, 지금도 간절히 그러하다는 것뿐.

"우리 이렇게 했어, 멍청아."

"제대로 썼네! 똘재야, 나는 무슨 냄새 나냐?"

"알로에."

도하의 청록색 지프는 영재가 보조석에 타자마자 곧 출발했다.

저수지에는 바람에도 흔들리지 않는 흰 꽃 한 송이 남았다.

그리고 우리들의 이야기 『너를 봤어』……

영재야……

　내가 처음 소설을 쓴 동기는 매우 불온하다. 나와 직접 관련 있
든 없든, 죽이고 싶은 사람이 많았고, 그래서 죽여야 했다. 미운 놈
처치하고 일생을 피 말리며 살 수 없으니 펜을 사용했다. 장편 단
편은 물론 급박하다 싶으면 장(掌)편으로 서둘러 죽였다. 당신이
가만히 있었으면 나도 죽이지 않았잖아. 극장에서 끊임없이 의자
를 툭툭 차던 당신, 대로에서 아내 혹은 연인의 머리채를 잡고 가
던 당신, 제멋대로 상상하고 엄지를 세웠다가 입맛대로 움직이지
않으니 바로 중지로 바꾸던 당신…… 펜촉 살인으로 웬만한 공동
묘지 하나쯤 채울 무렵, 나를 죽였다. 그리고 새 소설이 시작됐다.
사랑이다.

어느 언어 천재가 조어 하나 만들었으면 싶을 정도로 진부한 저 사랑이라는 말이 내 글로 들어왔다. 때로는 터무니없고 미련하고 살벌한 사랑마저 보이기 시작한 것이다. 내가 수많은 당신을 죽이며 갈망했던 것이 결국 사랑이었나보다. 지리멸렬한 삶일지라도 끝내 버릴 수 없는, 그러면 안되는 사랑, 그것으로 이제 독자를 만난다. 이 책을 펼친 당신이 한번쯤 웃었으면 좋겠고 한번쯤 울었으면 좋겠다. 그리고 행복했으면 좋겠다. 내 작은 사랑이 당신에게 가 닿으면 좋겠다.

불쑥 내민 원고를 환하게 맞아준 따뜻한 박신규 부장님, 원고의 처음부터 마지막까지 이인삼각 경기주자처럼 든든하게 함께 달려준 편집자 전성이 씨, 책으로 완성되기까지 좋은 의견을 준 창비 가족 모두에게 진심으로 감사드린다. 사랑합니다.

2013년 여름
김려령

너를 봤어

초판 1쇄 발행 • 2013년 6월 28일

지은이/김려령
펴낸이/강일우
책임편집/전성이
펴낸곳/(주)창비
등록/1986년 8월 5일 제85호
주소/413-120 경기도 파주시 회동길 184
전화/031-955-3333
팩시밀리/영업 031-955-3399 · 편집 031-955-3400
홈페이지/www.changbi.com
전자우편/lit@changbi.com

© 김려령 2013
ISBN 978-89-364-3404-5 03810